빈센트
나의 빈센트

Vincent my Vincent

빈센트
나의 빈센트

정여울의 반 고흐 에세이

누구나 한번은 인생에서 빈센트를 만난다

정여울 글 이승원 사진

Vincent

21세기북스

———

그 간절함이
찬란한 빛이
될 때까지

빈센트 반 고흐의 발자취를 따라 떠났던
10년의 여행과 글쓰기

이 간절함의 기원은 어디일까. 가끔 스스로도 이해할 수 없는 열정으로 어떤 일을 계속할 때가 있다. 사실 대부분 내 열정의 뿌리가 그렇다. 남들이 좋다는 것에는 시큰둥하다가, 내가 뭔가에 갑자기 빠져들기 시작하면 주변의 아무것도 보이지가 않는다. 열정을 쏟아붓는 순간, 그 열정의 한가운데서 내가 도대체 왜 이러는지 알수 없다. 열정의 폭풍이 휘몰아치고 지나간 후, 온몸에 힘이 다 빠져나간 것처럼 아득해지고, 이제 나라는 존재를 다 태워버렸다는 생각이 드는 순간, 그제야 내가 왜 그토록 무언가에 마음을 다 주었는지, 이해하기 시작한다. 보통은 그렇게 열정의 기원을 나중에라도 깨닫게 마련인데, 빈센트 반 고흐에 대한 내 열정은 달랐다. 열정의 불꽃이 좀처럼 사그라들지 않았다. 누군가의 예술 세계를 이렇게 꾸준히, 한 해도 쉬지않고 아끼고 사랑해본 적은 없었다. 사춘기 시절 빈센트를 좋아하게 된이후로 이 열정의 빛은 마치 내 삶이라는 눈덩이가 불어날수록 자꾸만 커다랗게 자라나는 보이지 않는 눈사람처럼, 굴리고 굴릴수록 사라지지 않고 오히려 더 크고 환한 희열의 불꽃으로 타올랐다.

나는 빈센트와 조금이라도 관련된 모든 곳에 가보고 싶었다. 빈센트가 태어난 네덜란드의 준데르트, 빈센트의 그림이 가장 많이 소장된 암스테르담 반고흐미술관, 빈센트가 〈밤의 카페테라스〉를 그린 프랑스의 아를, 빈센트가 사랑하는 테오와 함께 묻힌 오베르쉬르우아즈에 이르기까지. 빈센트의 삶과 관련된 장소들을 찾아 매해 여행을 떠나면서, 빈센트의 그림뿐만 아니라 '빈센트라는 사람'과 조금씩 가까워지는 듯한 느낌이 좋았다. 때로는 가까운 친구들보다 오히려 빈센트가 더욱 친밀하게 느껴지기도 했다. '때로는 내가 살짝 미친 것 같다'는 이야기조차 툭 터놓고 나눌 수 있는 마음의 벗이 내게는 빈센트였다. 수많은 화가를 사랑하지만 빈센트처럼 나를 매해 멀리 여행을 떠나게 만드는 화가는 없었다.

《빈센트 나의 빈센트》는 '내가 사랑하는 심리학'과 '내가 걸어온 문학의 발자취', '내가 떠나온 모든 여행'이 만나는 가슴 떨리는 접점이다. 파랑, 노랑, 빨강, 이 세 가지 '빛'이 만나면 결국 '새하얀 빛'이 되는 것처럼, 나의 여행과 문학, 심리학이 만나는 교집합에서 빈센트가 눈부시게 환한 빛의 중심으로 타오르고 있었다. 빈센트의 편지는 그 자체로 내게 아름다운 문학 작품으로 다가왔다. 빈센트가 셰익스피어는 물론 디킨스나 졸라 같은 문학의 거장들을 깊이 이해하고 그 문학적 감성을 그림 속에 품어내려 했다는 사실은 빈센트에 대한 내 사랑을 더욱 부채

질했다. 빈센트의 예술 작품은 단지 그림이 아닌 아름다운 문학이었고 치열한 심리학이었으며 열정적인 여행이기도 했다.

　나는 빈센트의 그림이 누구에게도 제대로 사랑받지 못한 빈센트 자신의 트라우마를 치유하는 심리학적 몸부림이자, 자신의 삶이라는 스토리텔링을 가장 아름답고 치열하게 가꾸는 강렬한 의지였다고 믿는다. 빈센트는 동료 화가들과 사람들로부터 끊임없이 무시당하고 배척당했으며 비난받았다. 심지어 그는 부모님의 사랑을 받는 데도 끝내 실패했지만, 그 쓰라린 트라우마를 예술을 향한 열정으로 승화시켰다. 그는 사랑받지 못하고 이해받지 못하고 존중받지 못해 괴로운 모든 순간에도, '어떻게 해야 그림을 더 잘 그릴 수 있을까'라는 필생의 화두를 물고 늘어졌다. 자신의 그림이 우울과 발작의 고통 속에서도 한 발짝 앞으로 나아갈 때마다, 그는 슬픔의 무게를 조금씩 내려놓으며 생의 의지를 불태웠다. 나는 빈센트의 우울과 광기 자체가 그토록 위대한 작품을 만들었다고 생각하지 않는다. 오히려 광기와 우울로부터, 트라우마의 무시무시한 공격으로부터 스스로를 구원해내려는 강력한 의지가 그의 그림을 더욱 아름답게 만들었다고 생각한다. 아픔으로부터 치유되기 위한 그 모든 몸부림이 빈센트의 예술 세계였다. 그는 '아픔을 재료로' 예술을 창조한 것이 아니라 '아픔에 맞서기 위한 불굴의 용기'로 그림을 그렸음을 믿는다.

　빈센트는 삶을 사랑하고, 사랑을 사랑하고, 예술을 사랑하는 힘으로 그림을 그렸다. 그것은 광기로 인한 집착이나 비틀린 열정이 아니었다. 그는 발작이 올까 봐 두려워했고, 발작이 일어나지 않는 동안 그림을 멀쩡한 상태로 그리기 위해 안간힘을 썼다. 그는 삶으로부터 버림받았지만 삶을 사랑했다. 사랑으로부터 추방되었지만 사랑을 사랑했다. 정상적인 삶, 행복한 삶, 평화로운 삶, 예술을 사랑하는 삶으로부터 저당했지만, 그는 그 모든 추방의 기억과 싸우고 세상 속에 굳건하게 서 있기 위해 몸부림쳤다. 나는 넘어져도 다시 일어서고, 부서져도 다시 처음부터 만들어내고, 버려져도 다시 매달리는 빈센트의 그 끈덕진 열정을 사랑했다. 그는 우울의 힘, 광기의 힘, 슬픔의 힘으로 그림을 그린 것이 아니라, 사랑의 힘, 감사의 힘, 그리고 지칠 줄 모르는 생명력으로 그림을 그린 것이다.

빈센트의 그 간절함이 다시없는 사랑의 빛이 될 때까지, 그 간절함이 가장 빈센트다운 노랑과 파랑이 되어 세상에 하나뿐인 해바라기와 별이 빛나는 밤으로 솟아오를 때까지, 그는 아플 때나 슬플 때나 두려울 때조차 그리고 또 그렸다. 무서운 계절풍이 불어오면 이젤에 말뚝을 박고 그렸고, 정신병원에 입원해 있을 때도 오직 '그릴 수 있는 자유'를 되찾기 위해 싸우고 또 싸웠다. 빈센트는 자꾸만 나를 어디론가 떠나보냈다. 그의 그림이 있는 곳, 그가 잠깐이라도 스쳐간 곳, 그가 새로운 아이디어를 떠올린 모든 곳이 내게는 '빈센트의 집'이었다. 빈센트는 집에만 머물고 싶어 하는 소심한 나를 아주 멀리, 아주 멀리 나아가게 했다. 아무 곳으로도 떠나고 싶어 하지 않는 나, 그냥 이곳에 안주하고 싶은 나를 세상 밖으로 떠미는 힘. 그것이 빈센트, 나의 빈센트가 내게 전해준 선물이었다. 그리하여 빈센트의 그림을 마음속에 품어 안고 떠난 그 모든 순간들이 나에겐 '첫' 경험들이었다. 빈센트 때문에 나는 처음으로 그 이름도 제대로 발음하기 힘든 '준데르트', '오텔로', '누에넨' 같은 낯선 장소로 길을 떠났다. 빈센트 때문에 나는 내 영역이 전혀 아닌 대상, 즉 그림에 대해 글을 쓰고 싶은 강렬한 충동을 느꼈다. 그 모든 어처구니없는 '첫' 경험들이 나를 눈물짓게 했고, 나를 미소 짓게 했다. 빈센트는 내게 속삭였다. 삶이 내게 허락하는 제한된 지평선을 뛰어넘으라고. 내가 여기에 안주하면 절대로 보이지 않는 것들, 내 영역에 만족하면 절대로 보이지 않는 '저 너머의 세계'를 꿈꾸라고. 빈센트는 내게 선물했다. 내게 불가능할 것으로 보였던 모든 세계를, 내게 허락되지 않는 모든 세계를 감히 꿈꾸는 용기를.

나는 빈센트를 찾아가는 마지막 여행지를 런던으로 정했다. 런던 내셔널갤러리에는 빈센트가 그린 열다섯 송이 〈해바라기〉와 〈빈센트의 의자〉가 있다. 빈센트를 찾아가는 마지막 여행지로 런던을 선택한 것은, 그의 인생의 터닝 포인트가 된 그림이 내게는 〈해바라기〉처럼 보였기 때문이다. 의자 하나만으로 그 사람의 한평생을 너끈히 그려낼 줄 아는 투지가 담긴 빈센트의 작품도 여기에 있다. 빈센트의 그림은 시간과 공간 속에 제한된 우리의 일상 너머에 존재하는 우주적인 힘을 일깨운다. 이 책의 독자들에게도 빈센트가 내게 주었던 모든 생의 축복이

기쁘게 전염되기를 꿈꾼다. 빈센트는 내게 선물해주었다. 내 안에서 아무리 퍼내고 또 퍼내도 고갈되지 않을 생의 열정을, 아무리 절망적인 상황에서도 결코 그 어떤 꿈도 포기하지 않을 권리를, 자기를 파괴할 수도 있는 광기를, 세상을 더욱 뜨겁게 사랑하는 예술의 빛으로 승화시킨 그의 용기를. 나는 그 모든 '빈센트의 선물'을 당신에게도 담뿍 나눠주고 싶다. 지금 이 순간, 내셔널갤러리에서 빈센트의 타는 듯한 그 해바라기는 내 앞에 더 큰 사랑의 힘으로 서 있다. 더 깊고 그윽해진 '삶이라는 햇빛'의 향기를 가득 머금은 채. 나는 빈센트를 통해 깨달았다. 가혹한 불운에 대한 가장 멋진 복수, 그것은 예술의 창조임을.

_ 2019년 봄이 오는 길목
런던 내셔널갤러리에서, 정여울

〈론강의 별이 빛나는 밤〉
캔버스에 유채, 73×92cm, 1888, 오르세미술관, 파리

Contents

1부

빈센트가
말을 걸어온
순간

Vincent

인생에서
무엇이 진짜 중요한지
깨닫는다면

—

    10여 년 전 도쿄로 여행을 떠났을 때, 나는 손보
재팬보험 건물에 빈센트의 〈해바라기〉가 소장되어 있다는 사실을 알고
뛸 듯이 기뻤다. 별다른 조사 없이 충동적으로 여행을 떠났을 때라, 현
지에서 구한 여행 책자에 소개된 빈센트의 그림을 볼 수 있는 건물을
보고 무작정 '가자! 이건 꼭 봐야 해!'라고 생각했던 것이다. 이른 아침
부터 건물 앞으로 가서 전시관의 문이 열리기를 기다렸다. 그런데 아무
리 기다려도 열릴 기미가 안 보였다. '사람'이 아닌 '무언가'를 그렇게
열심히 기다려본 적은 없었다. 아뿔싸, 알고 보니 그날은 휴관일이었
다. 나는 한동안 거대한 보험회사 건물 앞에서 발을 뗄 수가 없었다. 빈
센트의 그림이 아니라면, 생뚱맞게 보험회사 건물 앞에 내가 왜 그토록
오래 서 있었겠는가. 나는 그제야 알았다. 내가 빈센트를 정말로 좋아
하고 있음을. 아마 그때였을 것이다. 내 마음속에서 이 책의 여행 루트
가 정해진 순간은.

무언가를 좋아한다고 생각하면서 그 사실을 의식하지 못할 때가 있다. 바로 너무 많은 사람이 좋아할 때다. 빈센트를 좋아하는 사람들이 워낙 많아 나는 수많은 마니아의 행렬에 끼기가 쑥스러웠다. 그날 빈센트의 그림을 만나지 못하고 며칠 후 집에 돌아와 보니 빈센트 화집이 수두룩했다. 빈센트와 관련되어 있다면 내용이 어떻든, 화질이 어떻든 상관하지 않고 보는 족족 사 모으던 내 모습을 미처 인식하지 못했던 것이다. 가난한 대학원생이던 내 형편으로는 사기 힘든 비싼 화집도 꽤 있었다. 내가 왜 그랬을까. 마음에 위안이 필요할 때마다 내가 나에게 선물을 주고 싶다는 핑계를 대며 빈센트 화집을 사 모았던 것이다. 빈센트의 그림은 힘겨운 순간마다 내 영혼의 등짝을 두들겨주던 위로의 손길이었다.

그 이후에도 빈센트는 나로 하여금 이해할 수 없는 행동을 저지르게 부추겼다. 한번은 가장 어려웠던 시절 엉뚱하게도 빚을 내어 여행을 가기도 했다. 없으면 안 쓰고 말지 빚을 내선 안 된다고 생각했던 나로서는 있을 수 없는 일이었다. 게다가 막 서른이 된 그때의 나는 부모님과의 갈등, 불투명한 미래, 앞으로 계속 공부를 할 수 있을지 모르겠다는 걱정으로 녹초가 되어 있었다. 하지만 뉴욕 현대미술관(MoMA)에서 〈별이 빛나는 밤〉과 〈사이프러스〉를 볼 수 있다는 생각에 가슴이 두근거리기 시작했다. 빈센트의 그림 중에서도 내 마음을 세차게 두드리던 작품이었다. '그냥 화집으로 봐도 되잖아, 충분히 아름답잖아, 충분히 감동적이야!' 스스로 마음을 다독였지만 자꾸 가슴이 두근거렸다.

게다가 미국은 내가 그다지 가고 싶어 하는 나라가 아니었다. 그때 내 여행의 로망은 유럽이나 남미였다. 하지만 나는 미국으로 떠나는 가장 저렴한 비행기표 가격을 알아내었고, 그때부터 '막연한 두근거림'은 '분명한 계획'으로 바뀌었다. 충동적인 행동과는 거리가 멀었던 내가 이런 말도 안 되는 여행을 꿈꾼 이유는 빈센트 때문이었다. 친구들과 함께 갔던 첫 번째 미국 여행에서 진 빚을 갚느라 거의 1년 동안 아르바이트를 더 해야 했지만 힘들지 않았다. 마침내 빈센트의 그림을 보고 온 이후 마음의 갈등이 거짓말처럼 가라앉았기 때문이다. 나는 아무리 힘들어도 내가 좋아하는 일을 하기로 결심했다. 모두 빈센트 덕분이었다. 글을 쓰고 싶고, 공부를 하고 싶은 내 소박한 꿈을 버리지 않도록 응원해준 사람이 바로 빈센트였다.

부끄러운 이야기이지만, 뉴욕 현대미술관에서 빈센트의 그림을 본 날, 나는 펑펑 울었다. 오랜 기다림과 내 안에 차곡차곡 쌓아온 슬픔이 그토록 간절히 그리워하던 대상을 만나 폭발해버린 것이다. 물론 소리 내지 않게 입술을 꼭 깨물었지만, 빈센트의 그림을 보기 위해 몰려든 인파 속에서 내 모습은 눈에 띌 수밖에 없었다. 얼굴을 가렸지만, 고장 난 수도꼭지처럼 자꾸만 눈물이 새어나왔다. 그때는 사진을 잘 찍어야 한다는 강박관념이 없어서 사진도 제대로 찍지 못한 채 여행을 다녔는데, 그래서 더 좋은 점이 있었다. 사진은 남지 않았지만, 내 감정만은 고스란히 마음속에 새길 수 있었던 것. 내가 느낀 감정을 기록할 보조 장치가 없었기 때문에, 온전히 내 마음만을 기억할 수 있었다.

이 세상에서 너 하나만이라도 내가 꿈꾸는 그림을 보게 된다면, 그림 속에서 네 마음을 위로받는다면……. 나를 뒷바라지하느라 너는 항상 가난하게 지내왔을 거야. 그 돈은 내가 꼭 갚을 거야. 그게 안 된다면, 내 영혼을 너에게 줄 거야.

– 테오에게 쓴 편지

감정을 드러내길 부끄러워하던 내가 도대체 왜 그랬는지 잘 설명할 수 없지만, 빈센트의 무언가가 나를 건드렸던 것 같다. 그림을 그릴 물감과 캔버스를 살 돈조차 없어 남동생 테오에게 의지해야 했던 빈센트만큼 힘들다고 할 수는 없었다. 하지만 내 불안의 근원 또한 내가 하고 싶은 일을 시도조차 못하게 되는 미래에 대한 두려움이었다. 젊다는 이유만으로도 고생을 감내할 힘을 충전할 수 있는 시기가 지나고 있다는 두려움. 나이 서른이 넘으면 신선한 글쓰기의 영감이 줄어들지 모른다는 두려움. 현실의 안정을 위해 가장 원하는 것을 버려야 할지 모른다는 두려움.

이 땅의 모든 젊은이의 불안이고, 빈센트 역시 절박한 마음으로 견뎌야 했던 두려움이다. 나는 〈별이 빛나는 밤〉과 〈사이프러스〉를 보면서, 아니 '만나면서' 내 불안에 종지부를 찍었다. 논리적으로 설명할 수 없었지만, 인생에서 무엇이 진짜 중요한지 알 것 같았다.

성공하지 못해도 좋다, 내가 걸었던 길에 후회가 없다면. 남들의 인정을 받지 못해도 좋다, 내가 걷는 길에 부끄러움이 없다면. 빈센트

〈자화상〉
캔버스에 유채, 42.2×34.5cm, 1887, 반고흐미술관, 암스테르담

는 그림 속의 붓질 하나하나를 통해 내게 말하고 있었다. 내가 디디는 인생의 발걸음 하나하나는 이 그림의 붓질 자국처럼 분명히 흔적을 남기게 된다고. 심장에서 바로 터져나온 듯한 빈센트의 빛깔은 바로 마음의 색채였고 영혼의 울림이었다.

벨기에 보리나주 고흐 작업실

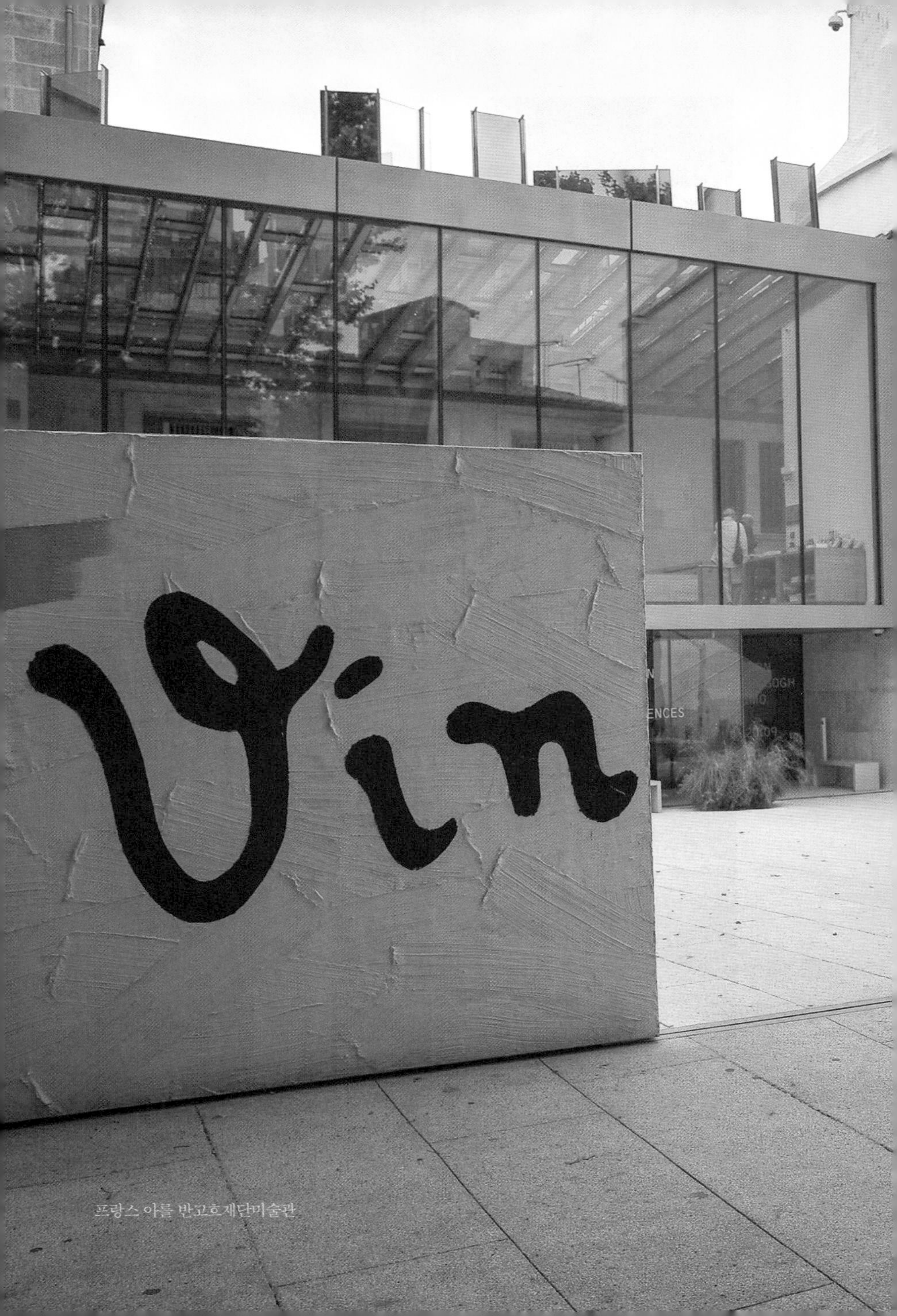

프랑스 아를 반고흐재단미술관

어떤
별에 가려면
목숨까지
걸어야 한다

—

빈센트의 〈해바라기〉를 바라보고 있노라면, '이 세상에 해바라기를 이렇게 그릴 사람은 빈센트 말고는 없지 않을까' 하는 생각에 잠기게 된다. 세잔이 '사과 하나로 세계를 제패하겠다'며 자신만의 독특한 사과를 그리고 또 그렸듯이, 빈센트는 해바라기 하나로 자신만의 화법을 창조해냈다.

　　빈센트는 '인간은 왜 별에 다다를 수 없을까'라는 질문을 안고 테오에게 편지를 쓰면서 이렇게 고민을 털어놓는다. "타라스콩이라든지 루앙에 가려면 기차를 타야 하는 것처럼, 어떤 별에 가려면 목숨까지 걸어야 한다." "사람이 죽으면 기차를 탈 수 없는 것처럼, 우리는 살아 있는 동안에는 끝내 별에 도달할 수 없겠지." 빈센트는 이렇듯 닿을 수 없는 이상향에 도달하는 길을 꿈꿨고, 마침내 자신만의 별에 도달하는 방법을 찾았다. 빈센트가 자신만의 별에 다다르는 길, 그것은 바로 해바라기를 그리는 일이었다.

〈해바라기〉
캔버스에 유채, 92×73cm, 1888, 노이에피나코텍미술관, 뮌헨

〈해바라기〉
캔버스에 유채, 95×73cm, 1889, 반고흐미술관, 암스테르담

밀리에라는 화가는 빈센트의 작업에 대해 이렇게 말했다. 빈센트는 붓을 집어들자마자 광인이 되는 사람이라고. 캔버스는 유혹하듯 부드럽게 다뤄야 하는데, 그는 캔버스를 폭행하고 있다고. 섬세하고 우아한 필치로 그림을 그리는 화가들 입장에서 빈센트의 작업 방식은 과격하고 공격적으로 보였다. 하지만 빈센트의 입장에서는 '대립'을 즐기는 방식이었다. 그는 색채의 선명한 대립 자체를 즐기려 했고, 단지 색채뿐만 아니라 질감에서도 대립의 열정을 표현하고 있었다.

빈센트의 해바라기는 어느 날 갑자기 튀어나온 것이 아니다. 그것은 화가의 마음속에서 시나브로 무르익고 있었다. 그는 파리 체류 시절부터 다양한 꽃에 열정적인 관심을 기울였고, 특히 해바라기는 고갱과 동반 작업을 하기 전부터 그의 마음을 강렬하게 붙드는 열정의 대상이었다. 빈센트는 해바라기라는 정물을 묘사하기보다 해바라기의 형태를 빌려 자신의 열정과 갈망을 표현하고 있었다.

빈센트는 테오에게 보낸 편지에서 이렇게 쓰기도 했다. 위대한 일은 어느 날 갑자기 충동적으로 일어나는 게 아니라, 작은 일들이 서로 연결되어 이루어지는 것이라고. 비슷한 주제를 그린 빈센트의 그림들을 시간순으로 찬찬히 살펴보면, 한땀 한땀 위대함을 수놓은 사유와 열정의 손길이 보인다. "매일 아침 해가 뜰 때부터 저녁 늦게까지, 나는 해바라기 그림에 매달리고 있단다. 이 꽃은 정말 빨리 시들어버리거든. 그래서 한 번 시작하면 그 자리에서 끝을 봐야 한다." 빈센트는 자신의 작업을 격렬한 펜싱에 비유하며 마치 캔버스와 한판싸움을 하듯, 끊임없이 변화하는 해바라기와 격정적인 펜싱을 하듯 그림을 그렸다.

빈센트는 해바라기 그림을 통해 자신의 스타일을 완성해가는 한편, 점점 나빠지는 정신 건강에 대한 불안에 시달리고 있었다. 그런 면에서 밀레보다 더 직접적인 영향을 끼친 화가가 바로 몽티셀리였다. 빈센트는 색채주의자로 이루어진 화가들의 공동체를 꿈꾸었는데, 이곳의 상징적인 멘토가 바로 몽티셀리였다. 빈센트는 자신이 꿈꾸는 미술 공동체의 정신적 지주로 몽티셀리를 꼽았고, 그의 그림에는 상업적이고 대중적인 요소가 있다고 보았다. 빈센트의 눈에 비친 몽티셀리는 '열정적이면서도 영원한 이상을 얻어내기 위해 부분적인 색채나 진실'까지 버릴 수 있는 사람이었다.

빈센트는 단지 몽티셀리를 본받는 것을 넘어 그를 또 다른 모습으로 부활시키고 싶어 했다. 강렬한 붓 터치나 자유롭게 덧칠하여 새로운 색채대비를 끌어내는 스타일은 몽티셀리의 영향을 받은 것이었다. 그는 마치 자신이 몽티셀리의 아들이나 형제인 것처럼, 그의 이상을 실현하고 싶어 했다. 자신과 몽티셀리의 색채주의적 이상에 전혀 반응하지 않는 세상을 향해 당찬 포부를 보여주자며 몽티셀리와 합동 전시회를 열 계획까지 세웠지만 안타깝게도 실현되지 않았다.

강렬한 색채로 자연과 인간의 이미지를 담아낸 몽티셀리는 결국 세상에 동화되지 못했다. 말년에 심한 음주와 광기로 고생했고, 끝내 제정신이 아닌 채 카페 탁자에 쓰러져 사망하고 말았다. 그의 불행한 종말은 빈센트의 불안을 더욱 자극했다.

〈시들어가는 해바라기〉
캔버스에 유채, 21.2×27.1cm, 1887, 반고흐미술관, 암스테르담

아돌프 몽티셸리, 〈여인과 공작새〉
캔버스에 유채, 46×36.5cm, 1886, 개인 소장

빈센트는 자신 또한 그런 불행에 빠질까 봐 두려웠다. 몽티셀리가 비참한 최후를 맞은 이유는 몽티셀리 본인의 잘못이 아니라, 피할 수 없는 가난과 대중의 냉소 때문이라고 빈센트는 믿었다. "사람들은 화가가 색다른 눈으로 세상을 보면, 저 사람은 돌았다고 욕을 하지."

몽티셀리의 비참한 최후가 빈센트의 불안을 자극했지만, 빈센트는 그의 정신을 부활시키는 것이 자신의 임무라고 생각했다. "나는 몽티셀리가 칸비에르의 어느 카페 탁자에 쓰러져 죽은 것이 아니라, 여전히 이 세상에 살아 있음을 사람들에게 보여주고 싶어." 하지만 빈센트는 단지 몽티셀리를 계승한 데 그치지 않고 해바라기를 그림으로써 자신도 모르게 몽티셀리를 뛰어넘었다. 해바라기 그림들은 '빈센트의 모든 것'이 응축된 영감의 씨앗으로 다가온다. '빈센트의 그림' 하면 가장 먼저 떠오르는 색채의 조합, 즉 노란색, 파란색, 붉은색 등이 어우러져 강렬한 대비를 이루는 열정과 광기의 이미지는 해바라기 그림들 속에서 완성되었다. 해바라기는 빈센트의 영원한 뮤즈이자 빈센트의 불꽃같은 인생 그 자체의 상징이었던 것이다.

영국 런던 내셔널갤러리

별을
바라볼 때마다
꿈을 꾸는
느낌이라고

___

"사람들이 모두 시궁창에 처박혀 있을 때도, 그 중 몇 명은 하늘의 별을 보고 있다." 오스카 와일드가 남긴 이 문장처럼, 빈센트는 모두가 '어둠'만을 바라볼 때도 '빛'을 발견해내는 사람이었다. 빈센트가 그린 밤하늘의 별이 감동을 주는 이유 중의 하나는 '검은색'이 없기 때문이다. 밝은 빛에 익숙해진 시선으로 어둠을 바라보면, 어둠은 순간적으로 짙은 까만색으로 보인다. 하지만 그것은 어둠의 첫인상일 뿐이다. 어둠 속에도 무수한 빛의 스펙트럼이 있다. 빈센트는 어둠 속에 빛나는 찬란한 무지개를 알아보는 사람이었다.

빈센트가 그린 밤하늘은 어둠이 머금고 있는 무수한 표정들을 고요하면서도 열정적으로 보여준다. 그런 밤하늘의 빛깔은 군청색이나 터키블루 같은 특정한 물감의 색이 아니라, '빈센트의 빛'이라고 이름 붙이고 싶은 고유의 색상이다. 빈센트로 인해 나는 밤하늘의 빛이 저 따뜻한 남쪽의 에메랄드빛 바다만큼이나, 아니 그보다 더 많이 반짝거릴 수 있다는 것을 배웠다. 도시의 전광판처럼 화려하게 빛나는 번쩍임이 아니라, 밤하늘과 별빛이 어우러져 하모니를 이루는 찰나의 아름다움을 빈센트가 그린 밤하늘에서 발견한다.

빈센트의 삶은 비극으로 가득 차 있었지만, 그림을 그리는 순간만은 지극한 희열을 느낄 때가 많았다. 그는 여동생 빌에게 쓴 편지에서 〈밤의 카페테라스〉를 그릴 때 행복했다고 말한다.

검푸른 밤하늘, 카페테라스에서는 커다란 가스등이 켜져 있었단다. 그 위쪽으로는 별이 반짝거리는 푸른 하늘이 보였지. 바로 이곳에서 밤을 그릴 때마다 나는 놀라곤 한다. (……) 이 그림을 그릴 때 검정을 전혀 쓰지 않았고, 아름다운 파랑과 보라, 초록만을 써서 밤하늘을 그렸다. 그리고 밤을 배경으로 빛나는 광장은 아주 밝은 노랑으로 그려보았지. 이 밤하늘에 붓으로 별을 찍어 넣는 순간은 정말 행복했단다.

– 빌에게 쓴 편지

슬픔과 분노, 억울함과 서운함을 잔뜩 토로한 편지들과 달리, 이 편지는 순수한 희열로 가득 차 있다. 이 그림의 실제 배경이 되었던 아를의 카페에 가보니, 그곳 자체가 특별하다는 느낌을 전혀 받을 수 없었다. 지금은 빈센트와 관련해 빠뜨릴 수 없는 관광지로 포장되어 정신없이 복닥거리고 현란해진 느낌이 들었지만, 예전에는 그저 평범한 소도시 카페였을 것이다. 빈센트는 별이 빛나는 어느 밤, 소박한 동네 카페를 천상의 아름다운 유토피아로 바라보는 눈을 지닌 사람이 아니었을까?

밤하늘의 별을 그린 또 다른 작품 〈별이 빛나는 밤〉에는 심각한 정신적 고통, 육체적 쇠약과 싸우는 동안에도 희망을 잃지 않은 빈센트의 해맑은 정신의 고투가 드러나 있다. 아를에 도착하자마자 크고 작은 문제로 갈등을 빚은 고갱과의 아슬아슬한 생활이 끝난 후, 빈센트는 자신이 정말 미친 사람일지 모른다고 생각한다. 고갱과 다툰 결정적 이유도 고갱이 그린 자신의 모습이 미친 사람처럼 보였기 때문이다. 빈센트는 자신의 귀를 자르는 심각한 자해 행위를 한 뒤, 테오에게 쓴 편지에서 이렇게 고백한다. "나는 나 자신에게 부과된 미치광이의 역할을 있는 그대로 받아들이려고 한다." 이 그림은 빈센트가 생레미의 요양소로 거처를 옮긴 후 내놓은 작품이다.

〈밤의 카페테라스〉가 아직 '세상 속에서' 사람들과 부대끼며 그린 작품이라면, 〈별이 빛나는 밤〉은 인간의 모습이 배제되어 있고 오직 밤하늘과 별만이 서로 드잡이하듯 혼란스럽게 어우러지는 모습이 시선을 사로잡는다. 〈밤의 카페테라스〉의 별들이 평화로운 모빌의 조각들처럼 밤하늘에서 조용히 흔들린다면, 이 그림의 별들은 격렬하게 소용돌이친다. 발작과 퇴원을 반복하면서 점점 건강에 대한 자신감을 잃어갔지만, 밤하늘을 그린 그림에서는 오히려 '바로 이것이 나, 빈센트다'라고 소리치는 듯 강렬한 자신감이 느껴진다. 그는 이제 더더욱 순수한 열정으로 자기만의 세계에 집중할 수 있게 되었다.

〈밤의 카페테라스〉
캔버스에 유채, 81×65.5cm, 1888, 크뢸러뮐러미술관, 오텔로

프랑스 아를 〈밤의 카페테라스〉 배경이 된 카페

오늘날 수많은 사람이 빈센트, 하면 떠올리는 그림 중 하나인 〈별이 빛나는 밤〉은 빈센트다운 모든 요소가 강렬하게 집약된 작품이다. 빈센트는 과연 얼마나 오래, 얼마나 하염없이 별들을 바라보고 또 바라본 것일까. 그는 별을 바라볼 때마다 꿈을 꾸는 느낌이라고 말했다.

하지만 그에게 별은 그저 다다를 수 없는 이상에 그치는 것이 아니었다. 이 그림에서 별은 꿈틀거리는 손짓처럼, 펄떡이는 동맥처럼 살아 있다. 잦은 발작과 자해의 위험 때문에 힘든 시간을 보내고 있었지만, 생레미 시절의 빈센트는 그 어느 때보다 '자기답게' 살 수 있었다. 헤이그에서 누군가는 빈센트를 향해 침을 뱉었고, 누에넨에서 빈센트는 사람들에게 쫓겨나다시피 했지만, 요양원에서는 아무도 그를 멀리하지 않았다. 생레미의 요양원에서 환자들은 가혹하게 격리되지 않고 평온한 일상을 유지할 수 있었다. 바느질이나 당구를 할 수 있는 공간과 신문, 책 등을 자유롭게 열람할 수 있는 도서관도 갖추어져 있었다. 환자들은 가능한 한 자유롭게 요양원 바깥의 자연 속에서 지내라고 권유받았다. 빈센트는 화가 인생에서 처음으로 누구의 조롱도 당하지 않고 온전히 자기 자신에게 집중해 그림을 그릴 수 있었던 것이다.

네덜란드 오텔로 크뢸러뮐러미술관

〈별이 빛나는 밤〉
캔버스에 유채, 73.7×92.1cm, 1889, 현대미술관, 뉴욕

멈추지 않고
몰아치는
폭풍우 같은
마음을

——

생레미의 요양원은 빈센트에게 아를에 이어 새로운 안식처가 되었다. 아를에 머물렀던 때가 고갱과 함께 지내면서 맞은 새로운 도약의 시간이자 처참한 좌절의 시기라면, 요양원 시절은 빈센트가 사회적 야망을 접으면서 예술가로서 순수한 성취에 집중할 수 있었던 때다. 물론 예술가들의 공동체를 완전히 포기한 것은 아니었다.

하지만 뭔가 큰일을 도모하기에는 육체와 정신이 지나치게 망가져 있었다. 정신이 온전치 않은 환자들 곁에서 자신 또한 환자로 살아야 했지만 생레미에서 빈센트는 기이한 평화를 느낀다. 타인에게 별다른 기대를 할 수 없었기에 오직 자신의 작품에만 집중하면서 역설적인 평화를 맛보게 된 것이다.

생레미에서 빈센트는 붓꽃, 소나무, 민들레 등 정원에 지천으로 피어난 꽃과 여기저기 가지를 뻗은 나무를 그리며 시간을 보냈다.

〈요양원의 안뜰〉
캔버스에 유채, 73×92cm, 1889, 오스카르라인하르트미술관, 빈터투어

프랑스 아를 요양원

빈센트의 고독을 가장 닮은 오브제는 바로 사이프러스가 아닐까 싶다. 자신의 몸이 타버릴 위험을 안고서도 하늘을 향해 날아오르는 이 카루스의 파괴적인 열정을 닮은 대상이 해바라기라면, 차분하게 대지에 발을 딛고 다가오는 계절을 준비하는 단단하고 우직한 느낌을 주는 나무가 사이프러스다.

빈센트의 사이프러스를 보고 있으면, 이 나무야말로 빈센트가 새롭게 재발견한 사유의 이미지라는 생각이 든다. 사이프러스는 특별한 나무가 아니다. 빈센트가 살았던 프로방스 지방에 가면 지천으로 널려 있다. 하지만 빈센트의 붓끝에서 사이프러스는 비로소 새로운 생명을 얻었다. 다시는 회생할 수 없을 것 같은 영혼의 질병을 앓던 빈센트는 사이프러스를 통해 강인한 부활의 에너지를 얻었다.

빈센트는 평범한 데다가 비천해 보이는 것들에서도 최고의 빛과 에너지를 찾아내는 놀라운 재능이 있었다. 사람들은 빈센트가 그린 가난한 노동자, 농민, 광부에게서 '불편함'을 느꼈고 그 속에 숨겨진 아름다움을 제대로 발견하지 못했다. 하지만 열악한 상황에서도 최고의 빛을 찾아내는 재능은 빈센트 자신에게도 절실했다. 그는 병을 치료하기 위해 찾아간 요양원에서 이런 재능을 십분 발휘하여 지독한 우울을 견뎠다.

닥치는 대로 눈에 보이는 꽃과 나무, 환자와 요양원 직원들을 묘사하며 발작의 공포를 달래던 빈센트가 마침내 찾아낸, 자신의 이상을 만족시키는 최고의 모델이 바로 사이프러스였다. 사이프러스는 사람들과 달리 빈센트를 기피하지 않았고, 항상 그 자리에 있었기에 굳이 붙잡아 둘 필요가 없었으며, 무엇보다 변화무쌍한 자태와 빛깔을 자랑했다. 언뜻 보면 투박하고 뭉툭하게 생겼지만, 빈센트에게만은 개성 넘치는 표정을 지닌 배우들처럼 다가왔던 것 같다. 빈센트는 사이프러스를 그리면서 항상 멈추지 않고 몰아치는 폭풍우 같은 자신의 마음을 다잡아줄 시원(始原)의 이미지, 정신의 닻을 발견한 것으로 보인다.

빈센트의 그림 속에서 사이프러스는 수평의 대지 위에 수직으로 곧추선 존재의 강인한 생명력을 보여준다. 그중에는 로마 시대부터 꿋꿋이 살아남은 나무들도 있었다. 또 워낙 흔했기 때문에 쓰임이 다양했다. 방풍림이나 묘비, 길가에 줄지어 늘어서 경계를 표시하는 담장 역할을 하기도 했다. 생레미 시절은 물론 빈센트의 마지막 안식처인 오베르쉬르우아즈에서도 사이프러스는 변함없는 모델이 되어주었다. 빈센트는 사이프러스와 자신이 좋아하는 것들을 겹쳐놓으며 내적 하모니를 찾아냈다. 사이프러스와 밤하늘의 별들을 겹쳐놓고, 사이프러스와 밀밭을 겹쳐놓고, 사이프러스 사이를 걷는 사람들의 아스라한 뒷모습을 겹쳐놓기도 했다.

사이프러스는 세상 무엇과도 잘 어울렸으며, 특히 빈센트의 작품 속에서 황금빛 밀밭이나 푸르른 밤하늘의 별들과 아름다운 하모니를 자아냈다. 홀로 서 있는 사이프러스는 외로이 홀로 걷는 사람을 닮았고, 무리 지어 서 있을 때는 꿋꿋하게 성을 지키는 병사들을 닮았다.

〈사이프러스가 있는 밀밭〉
캔버스에 유채, 73.2×93.4cm, 1889, 메트로폴리탄미술관, 뉴욕

〈밤의 프로방스 시골길〉
캔버스에 유채, 92×73cm, 1890, 크뢸러뮐러미술관, 오텔로

사이프러스에는 빈센트가 원하는 형태들이 다 녹아 있었다. 그는 화가들이 그다지 눈여겨보지 않던 평범한 대상에서 완벽한 아름다움을 발견했다. 그는 사이프러스가 윤곽선과 비율이 완벽하게 조화를 이룬 거대한 첨탑, 이집트의 오벨리스크 같다고 생각했다.

사이프러스가 내 마음 한구석을 차지하고 있어. 해바라기 그림들을 그렸을 때처럼, 사이프러스로 뭔가를 시도해보고 싶구나. 사이프러스 가 지금 내 눈에 보이는 것처럼 그려진 적이 아직 없다는 사실이 정말 놀라워.

- 테오에게 쓴 편지

빈센트에게 사이프러스는 단지 원뿔형의 물체가 아닌 위대한 색채의 별자리처럼 보였다. 육안으로 보면 똑같은 점들로 보이는 별들이, 천체 망원경을 통해 바라보면 오색찬란한 별들의 무리가 찬란한 축제를 벌이는 것처럼 보이듯이. 빈센트에게 사이프러스는 자연의 조용한 축복을 머금고 있는 환상의 오브제였다. 그의 붓은 '평범한 삼나무' 이상의 그 무엇을 기록하고 있었다. 사이프러스는 어떤 상황에서도 열정과 존엄을 잃지 않는 예술가의 또 다른 분신이었던 것이다.

마음 깊은 곳에서
우러나오는
사랑만이

—

빈센트의 고향 준데르트를 찾았을 때, 나는 누가 먼저랄 것도 없이 친절하게 빈센트에 대해 하나라도 더 설명해주려고 다가오는 그곳 사람들을 만났다. 작은 마을의 이점은 이렇듯 여행자를 조건 없이 반긴다는 점이다. 여기까지 찾아온 한국인은 정말 드물다고 말씀하신 한 할아버지는 고흐하우스의 전문 가이드를 소개하며 '오늘 하루 당신에게만 무료 가이드를 해줄 것'이라 말해주셨다.

이런 행운이 아주 가끔은 일어난다. 모든 것이 철저한 '기브 앤드 테이크'로 이루어지는 대도시에서는 좀처럼 일어나지 않는 행운이다. 나는 가이드의 설명을 들으며 준데르트에서 빈센트의 유년 시절이 결코 순탄치 않았음을 알게 되었다. 구교도로 가득한 준데르트에서 거의 유일한 신교도였던 빈센트 부모는 타인에게 폐쇄적인 태도를 취했고, 아이들에게 '바깥은 무서운 곳, 집 안은 안전하고 평화로운 곳'이라는 세계관을 주입했다. 빈센트는 부모의 이분법적인 세계관을 받아들이지

네덜란드 준데르트 고흐하우스

못했다. 테오처럼 고분고분하고 사랑스러운 아이가 아니었으며, 여동생 아나처럼 엄마를 꼭 닮은 보수주의자도 아니었다. 빈센트는 '부모가 주입한 세계관' 너머의 일탈을 꿈꾸었다.

고흐하우스의 가이드는 이곳에 빈센트의 원작이 하나도 없음을 아쉬워했다. 그리고 언젠가는 빈센트의 작품을 이곳에서 전시할 수 있기를 희망한다며 미소를 지어 보였다. 나는 그의 꿈이 이루어지기를 바라지만, 그렇게 되지 않더라도 '빈센트의 고향'이라는 준데르트의 문화적 자긍심은 흔들리지 않을 것 같았다. 준데르트에서 빈센트 부부는 선교 활동에 성공을 거두려 노력했고, 목사 가족으로서 사회적 지위를 확고히 하고자 했다. 빈센트의 아버지 테오도뤼스가 받는 월급은 많지 않았지만 '목사'라는 신분으로 인해 그들 가족은 많은 것을 누릴 수 있었다. 주택, 하녀, 요리사 두 명, 그리고 마차와 말까지 있었다. 그들은 아주 풍족하진 않았지만, 부족하지 않은 삶을 살았다. 같은 계급이 아닌 사람들과 어울리면 위험하다고 경고했던 어머니의 꽉 막힌 육아 방침은 호기심 많은 빈센트를 답답하게 했을 뿐이다.

빈센트는 어린 시절 부모의 폐쇄적인 교육관 때문에 늘 집 안에 갇혀 살다시피 했다. 동네 친구들이 별로 없으니 가족이 가장 가까운 친구였다. 빈센트의 형제자매들은 '실패할지 모른다는 두려움', '부모의 인정을 받지 못할지 모른다는 두려움'을 내면화했다. 그리하여 반 고흐 집안의 아이들은 부모에게서 정서적으로 독립하는 데 커다란 문제를 겪었다. 나중에 어른이 되어 정든 목사관을 떠난 후에도, 그들은 서로

네덜란드 준데르트 고흐의 텃밭

에게 편지를 쓰며 두려움과 자책감을 공유했다. "우리는 얼마나 더 어머니와 아버지를 사랑해야 하는 것일까?" "나는 부모님께 별로 쓸모가 없는 존재야."

누구보다 열정적이었던 빈센트는 부모의 기대를 가장 많이 저버리면서도, 그들의 사랑을 가장 많이 받고 싶어 했다. 간절히 신께 기도하고, 절실히 부모의 사랑을 갈망했음에도 가족과 섞일 수 없다는 소외감을 천형처럼 짊어지고 살아야 했다. 빈센트의 여동생 리스는 빈센트를 이렇게 묘사했다. "빈센트의 동생들은 하나같이 그에게는 낯선 존재들일 뿐이었다. 빈센트는 자기 자신에게도 낯선 존재였다." 빈센트는 가장 오래 시간을 보낸 동생들에게조차 이해받을 수 없는 존재였다. 사랑스러운 테오의 중재만으로는 외로움을 견딜 수 없었을지 모른다. 그때 빈센트의 유일한 친구는 자연이었다. 그는 산과 들을 홀로 누비며 원기를 되찾고 용기를 내곤 했다.

물론 빈센트는 부모로부터 많은 것을 배웠고, 동생들에게 깊은 애정을 느꼈다. '어울리지 않음에도 불구하고' 빈센트는 그들을 사랑했다. 테오처럼 밝고 명랑하며 우아한 방식은 아니었지만, 때로 뒤틀리고 우울하고 서글픈 방식으로 표출되었을지라도 마음 깊은 곳에서 우러나오는 사랑이었다. 꽃꽂이뿐만 아니라 인테리어에 대한 취향, 끊임없이 뭔가 일을 하지 않으면 미쳐버릴 것 같은 성격은 어머니로부터 물려받았다. 인생에서 가장 무서운 게 여백이나 휴식이라도 되는 양, 빈센트는 끊임없이 일을 하고 잠시도 쉬지 않으려 했다. 이는 우리가 사랑하는

네덜란드 준데르트 고흐하우스 입장권

빈센트의 격정이지만, 빈센트를 병들게 하고 외롭게 했던 강박 행동이기도 했다. 엄청난 속도로 뜨개질을 하던 어머니처럼, 성인이 된 빈센트는 눈부신 속도로 그림을 그렸다. 아무 일도 하지 않는 인생이 가장 가련한 삶이라고 믿었던 빈센트의 인생관도 어머니로부터 물려받은 것이었다.

평생 제대로 된 미술 교육을 받지 못했던 빈센트의 첫 스승은 놀랍게도 어머니였다. 그녀는 자신이 어렸을 때 취미로 배운 그림을 아이들에게 가르쳤다. 자신이 그린 작품을 따라 그리고 색칠도 해보게 했다. 빈센트의 〈해바라기〉에 '뭔가 특별한 아우라'가 있다고 느껴진 것은 바로 어머니를 향한 양가감정, 논리적으로 서로 어긋나는 표상의 결합에서 오는 혼란 때문이 아닐까 싶다. 끊임없이 태양을 향해 온몸을 기울이지만, 결국 태양 가까이 다가갈 수 없는 해바라기처럼, 빈센트는 어머니의 사랑을 열망했지만 평생 어머니의 인정을 받지 못했다. 빈센트의 해바라기 그림에는 어머니에게 사랑받고 싶은 마음, 한 번도 어머니에게 인정받지 못한 아들의 오랜 슬픔이 서려 있는 것이 아닐까?

타인의 오해와
싸우는 일은
인생을 건
모험이었다

——

빈센트는 평생 타인의 오해와 비판, 멸시와 조롱 속에서 분투했다. 그는 분명 강인한 영혼의 소유자였지만 가족조차 자신의 편이 되어주지 않은 환경에서 벌인 평생의 투쟁은 끝내 그의 영혼을 갉아 먹었다. 사교적이지 않고 예의 바른 것과는 거리가 멀었던 빈센트. 그의 특이한 행동과 엉뚱한 말들은 끊임없이 오해를 낳았다. 농부들을 그릴 때 그들과 친해지기 위해 여러 시도를 하지만 그럴수록 농부들은 빈센트를 한사코 피했다. 다가가려 하면 먼저 도망갈 정도였다. 빈센트는 쉽게 포기하지 않는 사람이었지만 사랑받지 못하는 고통, 이해받지 못하는 고통은 분명 예술가의 심신을 쇠약하게 만들었을 것이다. 그가 겨우 30대 초반에 이미 자신을 지칠 대로 지친 '늙은이'로 묘사한 이유도 타인의 오해와 싸우기가 너무 힘겨웠기 때문이었다.

아버지는 어떻게 그러실 수가 있을까. 자기 아들을 정신병원에 보내

겠다고 겁을 주셨잖아. 게다가 아들의 사랑이 '부적절하고 천박하다'
고 표현하다니. 이게 도대체 말이 되는 거니.

– 테오에게 쓴 편지

빈센트는 부모와 동생뿐만 아니라 사랑했던 여인들, 존경했던 화
가들과 끝내 불화했다. 이 모든 인간관계 속에는 놀랍도록 유사한 패턴
이 숨어 있다. 첫째, 빈센트가 열렬한 애정을 표현하고, 그들은 이를 부
담스러워한다. 빈센트가 너무 직접적이고 격렬하게 애정을 표현하기
에, 사람들은 열정의 온도를 쉽게 감당하지 못했다. 둘째, 빈센트는 자
신의 예술과 이상을 이해받기 원하지만, 사람들은 그의 독특한 내면세
계를 이해하지 못한다. 그들의 마음속에는 이전에 없던 새로운 예술적
감수성을 품을 여유나 혜안이 없었다. 셋째, 빈센트는 그들을 사랑했
던 것만큼 증오를 표현한다. 성품이 차분하지 않았으므로 열렬한 애정
과 호의가 번번이 무시당하고 오해받을 때마다 격렬한 증오를 표현하
고 만다. 사랑했던 사촌 케이도, 예술적 동지라고 믿었던 고갱도, 훌륭
한 스승으로 여겼던 화가 마우버도 그렇게 멀어져갔다.

'너는 미쳤다'고 말하는 사람들. '가족과 의절할 놈이야'라고 말하는
사람들. 날더러 천박하다고 말하는 사람들. 그런 말을 들으면 심장의
피가 끓어오르지 않을 수 있겠니?

– 테오에게 쓴 편지

이런 비극적 패턴이 유일하게 들어맞지 않은 사람이 바로 테오였다. 빈센트는 테오에게도 서운한 감정을 격하게 표현했다. 테오가 자신의 그림을 보관하는 방식을 문제 삼고, 그림을 제대로 팔아주지 않는다며 분노를 표출했다. 테오는 부모도 형도 스승도 아니었지만 그들보다 더 따스한 손길로 빈센트를 안아주었다. 테오가 거리의 여인 시엔(마리아 호르닉)과 동거하는 형에게 충격을 받아 그를 강하게 질책했지만, 형이 살림을 차리고 갓난아기를 돌볼 수 있도록 지원을 아끼지 않았다.

유능한 화상이었던 테오는 형을 후원해야 하는 부담을 지지 않았더라면 큰 부자가 될 수도 있었다. 하지만 테오는 형편이 어려울 때조차 변함없이 빈센트의 생활비는 물론 값비싼 그림 재료와 모델료, 병원 입원비까지 내주었다. 테오가 빈센트를 완벽히 이해한 건 아니다. 그는 자신의 조언을 받아들이지 않는 빈센트를 원망하기도 했지만, 궁극적으로는 형을 믿었다. 아무도 길들일 수 없는 저 미치광이 같은 화가가 언젠가는 세상을 깜짝 놀라게 할 걸작을 창조할 것이라고. 테오는 대중에게 팔리는 그림의 특성을 잘 알았지만, 예술성 높은 그림을 찾아내는 데에도 높은 감식안을 지니고 있었다.

테오는 형이 자기만의 예술세계를 갖기를 바라면서도 좀 더 밝게, 화사하게, 사실적으로 그리길 바랐다. 그러니까 그림을 살 사람들이 선호하는 취향을 조금이라도 만족시키기를 바랐다. 테오는 삶과 예술 사이에서 타협점을 찾으려 노력했지만, 빈센트는 어느 순간 가느다란 타협의 끈을 놓쳐버렸다.

프랑스 생레미의 빈센트 반 고흐 거리

Les paysages de *Vincent van Gogh*

Saint-Rémy-de-Provence, 1889 - Musée d'Orsay, Paris, France

Autoportrait

À Theo van Gogh
Saint-Rémy-de-Provence,
jeudi 5 septembre 1889

« On dit (...) qu'il est difficile de se connaître soi-même – mais il n'est pas aisé non plus de se peindre soi-même. Aussi je travaille à deux portraits de moi en ce moment (...). Je lutte de toute mon énergie pour maîtriser mon travail me disant que si je gagne cela ce sera le meilleur paratonnerre pour la maladie. (...) car je sens bien qu'on ne peut pas dire 'je sais faire un portrait' sans dire un mensonge, parceque cela est infini. »

To Theo van Gogh
Saint-Rémy-de-Provence,
Thursday, 5 September 1889

"People say (...) that it is difficult to know oneself – but it is not easy to paint oneself either. Thus I'm working on two portraits of myself at the moment (...). I'm struggling with all my energy to master my work, telling myself that if I win this it will be the best lightning conductor for the illness. (...) for I really feel that one can't say 'I can do a portrait' without telling a lie, because that is infinite."

모네나 드가처럼 삶과 예술 사이의 균형점을 잘 찾은 이들도 있지만, 작품의 대중성과 경제성을 확보해야 가능한 일이었다. 모네처럼 가정이 안정되고 전시회가 성공했다면, 빈센트도 삶과 예술의 균형을 찾을 수 있지 않았을까? 드가처럼 부유한 가정환경이 예술세계를 받쳐주었더라면 작품 활동을 더 오래 할 수 있지 않았을까? 역사에 '만약'은 없다지만, 빈센트의 처절한 불행 앞에서는 아주 가느다란 '만약의 동아줄'을 그러쥐게 된다.

아주 오랫동안 터스테이그는 나를 괴짜에다가 몽상가로 취급했지. 내 소묘를 보면서 '그건 고통을 피하려고 먹는 아편 같은 것'이라고 폄하했어. 그러다가는 수채화도 제대로 그리지 못할 거라고 했어. 그의 말이 옳을지도 모르지만, 그건 지극히 편파적이고 근거도 없는 소리야. 내가 요즘 수채화를 그리지 않는 이유는 소묘에 더 집중해서 기초를 다지고 비례와 원근을 제대로 배우기 위해서인데.

— 테오에게 쓴 편지

타인의 끊임없는 오해와 싸우는 일은 인생을 건 커다란 모험이었다. 이 모험 속에서 빈센트는 짧은 기간에 엄청난 분량의 작품을 완성하면서 끝내 승리하고자 했다. 예술가의 삶을 남김없이 태우고 얻은 에너지는 작품으로 전이되었다. 예술가도 승리하고 작품도 승리하는 길은 없었을까? 예술가도 행복하고, 작품도 인정받는 행운은 왜 이토록 희귀한 것일까? 빈센트가 만들어낸 색채의 우주에서 우리는 무한한 감동을 느끼지만, 그는 습관처럼 굳어져버린 인간관계로 인한 상처에서 끝내 구원받지 못했다. 그럼에도 불구하고 빈센트는 자신의 삶을 남김없이 태워 마침내 하나뿐인 것, 빈센트적인 무언가를 창조해냈다.

체력의 끝,
감성의 끝,
절망의 끝

———

빈센트의 그림만큼이나 유명한 것은 극적인 인생사다. 고갱과의 불화를 겪은 후 칼로 자신의 귀를 자른 사건, 정신병원에서의 투병 생활, 그리고 너무 이르고 비참했던 죽음까지. 최근에 빈센트의 죽음이 자살이 아닌 타살이며, 철없는 소년들이 저지른 총기 사고라고 주장하는 연구가 나오고 있지만, 이 또한 빈센트를 사랑하는 사람들에게 커다란 위로가 되지는 않았다. 아버지의 총을 몰래 가지고 나와 놀던 아이들이 실수로 혹은 실랑이를 하다가 빈센트를 쏘았다는 주장, 소년들의 미래를 위해 빈센트 자신이 이 사실을 숨겼다는 주장은 내 마음을 더 아프게 했다.

빈센트의 정신 이상에 관심을 기울이는 사람들은 주로 '예술가의 광기'가 작품을 더욱 드라마틱하게 만드는 촉매 역할을 한다고 말한다. 하지만 빈센트의 편지를 보면 그가 미치지 않았다고 판단할 수 있는 정황이 압도적으로 많다. 간혹 간질 발작이 있긴 했지만 그가 항상 비정상 상태에 놓였던 것은 아니다. 빈센트의 광기가 아닌 빈센트의 분명한 예술관이야말로 더욱 참된 조명을 받을 가치가 있다.

빈센트를 미친 사람으로 바라본 이들은 부모를 비롯해 주변 사람들이지만, 제3자 입장에서 바라본 빈센트는 훤칠하고 건장한 남자라는 증언도 있다. 특히 테오의 아내 요하나는 빈센트를 처음 만난 순간의 느낌을 이렇게 회고했다. "나는 병약한 남자를 상상하고 있었다. 그러나 의외로 건장하고 어깨도 딱 벌어진 남자가 보기 좋은 얼굴로 미소를 띠면서 당당한 풍채로 나타난 것이다." 빈센트의 가족을 통해 안 좋은 평판을 먼저 들었던 요하나는 빈센트가 병든 사람이라는 선입견을 가지고 있었지만, 막상 그를 만나자 너무 멀쩡하고 건강한 모습에 당황할 정도였다.

빈센트의 편지를 보면 그가 아팠던 시간보다 건강했던 시간이 훨씬 길었음을 알 수 있다. 또한 빈센트가 남들의 시선을 의식하지 않고 행복한 삶보다 예술의 광기를 선택했다는 시각도 선입견이다. 빈센트는 끊임없이 행복한 가정을 갈구했다. 어린 시절에는 부모의 사랑을 열망했고, 성인이 되어서는 낭만적 연애와 행복한 결혼을 꿈꾸었다. 빈센트는 사람들이 자신을 예술을 한답시고 놀고먹는 건달로 볼까 봐 무척 두려워했다. 그림을 너무 사랑했지만 도저히 그림으로는 생계를 꾸릴 수 없자 사람 노릇을 하기 위해 외인부대에 입대하겠다고 고집을 부린 적도 있었다.

빈센트는 행복한 삶과 위대한 예술 사이에서 양자택일을 하지 않았다. 그는 사랑과 행복을 꿈꾸는 소박한 사람이었다. 예술가만이 아닌 한 인간으로서, 남자로서 행복한 사람이 되고 싶어 했다. 시엔과의 동거 초반에는 매우 행복했다. 드디어 '내 편'이 생겼다는 안정감, 가족이 생겼다는 만족감이 그를 들뜨게 했다. 하지만 가족의 극렬한 반대에 부딪히고 그림으로 생계를 꾸릴 수 없게 되자 짧은 행복은 이내 스러지고 말았다. 아직 본격적인 화가가 아니었던 시절 빈센트는 테오에게 이런 편지를 쓰기도 했다.

나는 닥치는 대로 무엇이든 글로 써보고 있는 중이야. 네가 나를 허랑방탕한 건달로 바라보는 것은 아니기를 바랄 뿐이야. 사실 건달들도 알고 보면 나름대로 다 엄청난 차이가 있거든. 천성적으로 게을러터지고 개성도 없는 못나빠진 건달이 있는가 하면, 자기 의도와는 다르게 속으로는 엄청나게 하고 싶은 일이 많지만 손발이 묶여 있어 아무것도 할 수 없는 사람들도 있는 법이란다.

- 테오에게 쓴 편지

빈센트는 자신이 마치 보이지 않는 감옥에 갇힌 수인과 같다고 느꼈다. 냉혹한 평판과 끔찍한 가난에 속박당해 아무것도 할 수 없는 보이지 않는 감옥 속에 갇힌 것이다. 이 비참한 가난과 차가운 시선에 갇힌 자신을 구할 수 있는 것은 오직 사람과 사람 사이를 오가는 깊고 따뜻한 마음뿐임을 알았다. "너는 감옥을 없앨 수 있는 힘이 무엇인 줄 알지 않니. 그것은 바로 깊고 진한 정이야." 친구나 형제로서 서로를 조건 없이 사랑하기. 이것이 지고의 힘, 마술적인 힘으로 감옥의 문을 열어젖힐 수 있는 힘이다.

그는 믿었다. 깊은 정이 되살아나는 곳에서는 아름다운 삶도 되살아난다고. 그를 괴롭히는 감옥이란 편견과 오해, 악의에 찬 무지와 의심, 그리고 교만이었다. 바로 그런 오해와 무지, 의심의 시선이 빈센트를 감옥의 쇠창살처럼 휘감고 있었던 것이다.

빈센트는 선교사에 대한 마지막 미련마저 접어버리고 벨기에의 탄광촌 몽스에서 화가가 되기로 결심한다. 테오는 재정 지원을 약속하고 빈센트는 더욱 힘을 내어 독학자의 길을 걸어나간다. 벨기에의 보리나주는 유명 관광지처럼 아름다운 도시는 아니었지만 빈센트는 자신이 설교를 들려주거나 문병을 갔던 광부들의 삶에서 강한 영감을 받는다. 그는 쿠리에르 마을까지 도보로 순례했다. 그곳은 존경하던 화가 쥘 부르통의 고향이었다.

빈센트는 무전여행을 하면서 체력의 끝, 감성의 끝, 절망의 끝까지 가보았던 것 같다. 그는 이 여행을 통해 '그럼에도 불구하고 자신이 가장 원하는 것'을 찾은 듯하다. 그는 광부나 직공에게서 받은 깊은 인상을 그려봐야겠다는 의미심장한 결심을 하게 된다. 빈센트는 거의 2년간 이 사람들 곁에 살면서 그네들의 애환을 알게 되었다. 이 가난하고 비천한 노동자들에게서, '가장 낮은 자들 중에서도 가장 낮은' 이 사람들에게서 다른 무엇과도 바꿀 수 없는 뜨거운 감동과 비장미를 느끼게 되었다.

    빈센트는 평생 유행하는 화풍, 잘 팔리는 그림, 아름답고 화사한 색감과 싸웠다. 미술 시장에서 잘 팔리는 작품이 무엇인지 잘 알고 있었지만, 유행이나 대세에 굴복하여 진정한 자신의 색채, 작품 세계를 잃어버릴까 두려웠다. 이 두려움은 자신의 참모습을 있는 그대로 표현하고 싶은 간절한 염원과 맞닿아 있었다. 빈센트는 지나치게 밝고 화사하게 그리려는 경향 때문에 '자신의 색'을 잃지 않도록 스스로를 단속해야만 했다. 그는 알고 있었다. 어두운 밤의 풍경 속에 때로는 낮보다 더 많은 색채가 숨어 있음을. 우중충하고 텁텁해 보이는 어두운 빛깔 속에 생의 눈부신 진실이 도사리고 있음을.

벨기에 몽스 시내 풍경

삶을
지켜주는 건
바로
이런 것들이지

—

그곳에 가면, 빈센트를 만날 수 있다. 이런 희망만으로 나는 이전에 들어보지 못했던 작은 고장들을 찾아다니기 시작했다. 빈센트의 아주 작은 흔적만 있는 곳이라면, 눈길을 끄는 화려한 풍광이 없는 곳이라도 그저 좋았다. 준데르트, 몽스, 생레미, 누에넨 등은 빈센트에게 관심을 갖기 전에는 너무 생소한 장소였다. 하지만 빈센트의 흔적을 따라 여행을 떠나야겠다고 결심한 순간, 그런 낯선 느낌은 사라지기 시작했다.

빈센트와 관련된 장소들 중에 관광지와는 가장 거리가 먼 작은 마을이 바로 누에넨이다. 누에넨은 빈센트가 직접 그림을 그린 고장이 아니다. 생레미나 아를처럼 빈센트가 머물렀던 흔적이 많지도 않다. 빈센트의 흔적이 없었다면 특별한 매력을 느낄 수 없는 곳이다. 하지만 나는 누에넨에 꼭 가보고 싶었다. 바로 그의 그림 〈감자 먹는 사람들〉 때문이었다.

〈감자 먹는 사람들〉
캔버스에 유채, 82×114cm, 1885, 반고흐미술관, 암스테르담

빈센트는 그림을 그리기에도 바빴지만, 자신의 작품을 변호하는 데도 엄청난 에너지를 쏟았다. 〈감자 먹는 사람들〉을 보자마자 많은 사람이 비난과 혹평을 쏟아냈지만, 빈센트는 자존심을 걸고 이 작품을 변호했다. 빈센트는 이 그림에 특별한 희망을 품었다. 가난한 농부와 탄광촌의 광부들을 만나면서 느낀 수많은 감정을 녹여낸 작품이기 때문이다.

〈감자 먹는 사람들〉에는 아직 미숙하고 서툴지만 '빈센트적인 것'이 빼곡하게 들어차 있다. 자칫 칙칙하고 어둡게만 느껴질 수 있는 사물들 안에서 희미하게 뿜겨져 나오는 빛을 포착해내는 날카로운 관찰력, 화려한 인공적인 색감이 아니라 사물이 본래 지니고 있는 소박한 색감 속에서 고유의 아름다움을 끌어내는 능력, 정지된 단 하나의 장면 속에서 인물들이 살아온 삶의 이야기를 압축적으로 그린 서사적 힘까지. 이 그림에는 한 사람 한 사람의 표정과 몸짓 속에 그가 살아온 인생의 파란만장한 굴곡까지 녹여내는 야심찬 기획이 담겨 있다. 사람들은 그림이 아름답지 않다고, 비례가 맞지 않다고, 끔찍하고 추하다고까지 비난했지만, 빈센트는 아랑곳하지 않았다. 그는 사람들의 평판에 깊이 상처받았지만, 이 그림에 무한한 자부심을 품었다.

희미한 등불 아래 감자와 차 한잔으로 저녁 한 끼를 해결하는 가난한 가족의 모습은 '무엇이 이 세상을 밑바닥에서부터 지탱하고 있는가'라는 질문에 대한 답으로 다가온다. 하루 종일 밭일에 지친 몸을 이끌고 돌아와 쉴 수 있는 어둡고 초라한 집에서 농부의 가족은 마치 성스러운 의식을 치르듯 저녁을 먹고 있다. 이는 단지 '한 끼의 식사'를 넘어 인류 전체를 지탱해온 소중한 무엇을 담아내고 있는 것 같다. 국경과 언어, 시간과 문화의 장벽을 뛰어넘는 감동은 바로 소박한 저녁 식사가 하루의 유일한 위안이자 휴식인 사람들의 고된 삶에서 우러나오는 것이다.

빈센트는 테오에게 보내는 편지에서 이렇게 썼다. "등불 아래 감자를 먹는 사람들이 접시를 향해 뻗은 손은 바로 그들이 밭을 갈아 감자를 캐내던 바로 그 손이라는 것을 보여주고 싶었어." 온몸을 움직여 아침부터 저녁까지 밭을 갈아야만 키우고 캐낼 수 있는 감자와 차 한잔을 먹는 것이 인생에서 누릴 수 있는 최고의 낙이라 여기며 살아가는 사람들의 소박한 기쁨. 자신 또한 배가 고플 텐데 다른 가족에게 하나라도 더 먹으라며 감자를 내미는 안타까운 손들. 삶을 지키는 가치는 바로 그런 것이라고 웅변하는 듯한 이 그림을 볼 때마다 새로운 용기가 샘솟는다. 삶을 지켜주는 것은 이런 것들이지, 나는 그동안 너무 많은 욕심을 부리며 살아오지 않았나 생각했다. 내 손은 저 감자 먹는 사람들의 거칠고 메마른 손에 비하면 너무 게으르고 매끄럽지 않은가.

암스테르담 반고흐미술관에서 〈감자 먹는 사람들〉 원작을 보고 나니 누에넨에 더욱 가보고 싶어졌다. 누에넨은 빈센트가 화가로서 품어온 꿈을 실현하기 시작한 마을이기 때문이다. 부모님은 여전히 그가 예술가의 길로 가는 것을 마뜩잖게 여겼지만, 빈센트에게는 믿음이 있었다. 자신이 그림을 통해 진정한 독립을 이루게 되리라는 믿음. 자신의 그림이 언젠가는 사람들에게 진정으로 감동을 주게 되리라는 믿음. 누

네덜란드 누에넨 〈감자 먹는 사람들〉 동상

에넨 시기 빈센트는 경제적으로나 심리적으로 여전히 어려웠지만 아직 희망이 있었다. 벨기에의 몽스에서 목격한 광부의 고난에 찬 삶, 그가 어린 시절부터 봐온 농부들의 가난하지만 정직한 노동의 풍경이 머릿속을 가득 채우고 있었다.

농촌을 아름다운 전원풍경이 아니라 농부들 한 사람 한 사람의 성스러운 노동의 현장으로 그려내는 것이 빈센트의 꿈이었고, 이는 풍경화가 아닌 인물화를 통해 실현할 수 있었다. 화가로서 갖추어야 할 기본적인 기법조차 완전히 습득하지 못한 상태였던 빈센트는 커다란 화폭에 여러 인물을 그려내는 힘든 작업을 통해 차근차근 성장할 수 있었다. 특별한 잔치나 축제가 없어도, 그저 감자와 차 한잔을 나누는 소박한 식사 속에서도 '인생의 눈부신 순간'을 만끽하는 사람들. 그들을 단지 배경이나 풍경으로 삼는 것이 아니라 '이야기의 주인공'으로 격상시키는 화가의 꿈은 〈감자 먹는 사람들〉을 통해서 이루어졌다.

누에넨의 공원에는 〈감자 먹는 사람들〉을 실제 크기로 재현한 청동상이 있다. 이 청동상을 직접 보고 나서야 나는 오래 앓아오던 체증이 시원하게 가시는 듯한 느낌이 들었다. 빈센트가 그리려 했던 것, 빈센트가 담아내려 했던 이야기가 재현된 3차원의 실물 형상을 보자 빈센트의 마음속에 담긴 '큰 그림'이 비로소 손에 잡힐 듯했다. 나는 농부들의 어깨를 하나하나 쓰다듬어보면서 빈센트의 숨결을 느껴보았다. 차가운 청동상을 조심스레 쓰다듬어보니 '인물'을 넘어 '이야기'를 그리려 했던 빈센트의 뜨거운 열정이 생생하게 전달되는 듯했다.

관계의 상처에서
구원받지 못한
영혼

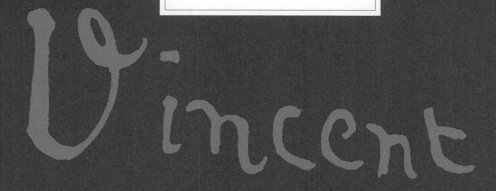

이 슬픔을
빼앗아버리면
결코
자신이 될 수 없는

―

마우버는 빈센트의 습작들을 보고 이렇게 말했다. "자네는 모델에 너무 가까이 다가가 있어." 빈센트는 그의 지적을 듣고 깨닫는다. 첫째, 지나치게 모델 가까이에서 작업을 했다. 그래서 좀 더 넓고 깊은 시선으로 대상을 바라보지 못했다. 둘째, 작업실이 너무 좁다. 작업실이 넓었더라면 멀리서도 가까이에서도 그려봤을 것이다. 빈센트는 마우버의 조언을 듣고 힘들어도 큰 작업실을 얻기로 결심한다. 그런데 '가까이 다가가기'는 모델에 대한 물리적인 거리만이 아닌 심리적인 거리의 문제이기도 했다. 빈센트의 성향상 모델의 삶 깊숙한 곳까지 화가의 눈으로 들여다보고 싶었던 것이 아닐까?

빈센트가 테오에게 보낸 편지에서 유난히 많이 쓰는 형용사가 바로 '가까운'이라는 표현이다. 빈센트는 테오에게 보낸 편지에서 이렇게 쓴다. "케이가 세상에서 나와 가장 가까운 사람이고, 내가 그녀에게 가장 가까운 사람이라도 된 것처럼" 그렇게 그녀를 사랑한다고. 빈센트가 누군가를 사랑한다는 것은 '세상에서 가장 가까운 사이'가 된다는 뜻이었다. 그는 가족과 더 가까워지고 싶었지만, 그들은 빈센트와 '거리'를 두길 원했다. 특히 빈센트가 열렬히 짝사랑했던 케이는 자신의 과거와 미래는 오직 자신의 것이라며 빈센트의 접근을 거부한다. "절대 안 돼요, 절대로." 그녀는 빈센트의 고백을 듣자마자 마치 불에 덴 듯 화들짝 놀라 멀리 도망쳐버렸다.

이처럼 빈센트가 가까이 지내고 싶어 한 사람들은 그로부터 '거리'를 유지하길 원했다. 친밀감을 추구하는 것은 인간의 본성이지만 빈센트의 친밀감을 향한 열망은 유난스러운 데가 있다. 상대방과 적절한 거리를 유지하지 못하는 것이야말로 그가 인간관계에서 끊임없이 상처받은 결정적인 이유였다.

'동기간의 정'을 넘어 인간적인 유대관계를 지속했던 유일한 상대가 테오인데, 이런 우정이 동생에게 경제적 부담을 지우게 되자 빈센트는 점점 견딜 수 없는 상태가 되었다. 구필상사에서 일하던 시절, 테오와 빈센트는 예술에 대한 깊이 있는 토론을 나누었고 함께 화가가 되고 싶어 한 적도 있었다.

빈센트는 화가들에게 다가가 이야기를 나누고 함께 그림도 그리고 싶었지만 수줍음 때문에 그럴 수 없었다. 점점 사람들로부터 고립되는 빈센트에게 라파르트는 이렇게 말했다. "사람이란 석탄 덩어리가 될 수 없어. 인간은 다락방에 처박혀 모두에게 잊힌 채로 견딜 수는 없어." 참으로 빈센트의 상태를 정확하게 지적했기에 더욱 뼈아픈 조언이었다.

시엔과 헤어지고 나서도 빈센트는 깊은 자책감에 시달렸다. 시엔이 거리의 여인이었다는 이유로 모든 사람이 심지어 테오마저 형을 말렸고, 생활비를 대주었던 동생에 대한 부담감이 두 사람의 이별에 결정적인 영향을 미쳤기 때문이다. "이렇게 나는 시엔과 헤어졌고, 내내 떨어져 살게 되겠지. 하지만 우리가 끝내 합의점을 찾지 못했다는 것을 결국 후회하게 될 거야. 지금 이 순간에도 그저 일시적이라고 치부하기엔 너무 뿌리 깊은 애착이 남아 있어……." 빈센트는 시엔과 함께 처음으로 아주 짧게나마 가정을, 누군가 자신의 편에서 가까운 관계가 되었다는 데 커다란 희열을 느꼈다. 이처럼 한없이 가까운 살붙이의 느낌이 영원히 사라졌다는 상실감이 빈센트를 고통스럽게 했다.

빈센트는 사람과의 거리 조절에는 실패했지만, 모델과의 거리두기에서는 절묘한 해법을 찾았다. 그의 〈해바라기〉나 〈붓꽃〉을 보면 전형적인 정물화가와 전혀 다른 시각을 느낄 수 있다. 해바라기의 영혼 깊숙이 침투할 것 같은 시선, 붓꽃의 꽃술 속으로 뚫고 들어갈 것만 같은 강렬한 시선이 그림에서 느껴진다.

대상을 관찰하기보다 아예 대상과 접신하는 듯한 시선, 마침내 대상과 하나가 되려는 듯이 맹렬히 침투해 들어가는 시선이 그를 다른 화가들과 구별 짓게 한다.

그는 과학적 원근법은 물론 사회적 원근법, 심리적 원근법 조절에도 유난히 서툴렀다. 하지만 이 서툶이야말로 빈센트다운 시선의 원천이 아닌가 싶다. 냉정한 관찰자의 시선이라든지 과학적 원근법의 시선,

〈붓꽃〉
캔버스에 유채, 92.7×73.9cm, 1890, 반고흐미술관, 암스테르담

관습적 화법에 기반을 둔 거리두기는 빈센트답지 않다. 대상과 주체가 합일되는 엄청난 '가까움'이 빈센트 특유의 아우라를 만들어낸다. 해바라기를 그리는 순간, 그는 해바라기를 바라보는 자가 아니라 해바라기의 영혼 속으로 스며들어가 꽃이 된 사람처럼 보인다. 이러한 '거리 조절의 불가능성'이 인간관계를 힘겹게 만들었지만, 대상과 주체의 분리 불가능성이 빈센트 특유의 친밀감을 자아낸다.

〈붓꽃〉
캔버스에 유채, 74.3×94.3cm, 1889, 게티센터, 로스앤젤레스

〈영원의 문〉
캔버스에 유채, 81×65cm, 1890, 크뢸러뮐러미술관, 오텔로

빈센트의 〈영원의 문〉은 얼굴 표정을 전혀 보여주지 않고도 슬픔과 절망을 남김없이, 자신도 모르게 드러내 보이는 인간의 몸짓을 그려낸다. 사람의 마음을 어루만지는 초상화를 그토록 그리고 싶어 했던 빈센트는 이 그림을 통해 자기만의 해답을 찾아낸 것 같다. 눈에 보이는 얼굴을 그리지 않음으로써 오히려 보이지 않는 영혼의 얼굴을 그리는 것. 얼굴의 눈코입이나 표정이 아닌, 그림 전체가 전달하는 분위기나 아우라를 통해 '인물의 슬픔' 자체를 그려내는 것.

그러니까 이 그림은 초상화이면서도 초상화가 아니다. 우리는 이 인물을 길에서 만나도 전혀 알아볼 수 없다는 점에서 이 그림은 초상화가 아니다. 하지만 이 그림은 깊은 영혼의 슬픔을 드러내 보인다. 이 슬픔을 빼앗아버리면 결코 자신이 될 수 없는, 한 사람의 '마음의 지문' 같은 절망의 속살을 드러내 보임으로써 〈영원의 문〉은 진정 독창적인 초상화가 될 수 있었다. 〈영원의 문〉은 한 사람의 슬픔을 넘어 '슬픔 자체의 맨 얼굴'을 눈부시게 그려낸다.

한 사람의
고뇌와 영혼까지
그려내는
마음의 눈

——

빈센트는 그림을 그리는 일의 기쁨과 슬픔을 테오에게 보낸 편지 곳곳에서 토로하곤 한다. 작업이 잘 풀려나갈 때 무한한 희열을 느끼고, 작업이 생각대로 풀리지 않을 때 속상해하는 인간적인 모습들이 여기저기서 발견된다. 빈센트는 그림이 하나하나 완성될 때 자신이 알고 느끼고 사랑하는 한 세계가 빚어지는 행복감을 맛보았다. 물론 미술 교육을 제대로 받지 못한 것이 장애물이 될 때도 있었다. 하지만 사물을 바라보는 시각의 참신함은 누구도 가르쳐줄 수 없는 화가 자신의 경험과 철학에서 나오는 것이기에 빈센트는 '자신만의 시각'을 빚어내는 데 온 힘을 기울였다. 미술 아카데미들의 전형적인 커리큘럼에 물들지 않은 빈센트의 독특한 시각은 당대 화가들에게 곧잘 비난을 받았지만 오늘날 우리에게는 '창조적'으로 보인다. 유행이나 제도에 길들여지지 않은 빈센트의 독창적인 시각은 그의 초기작들에서부터 잘 드러난다.

〈슬픔〉
석판화, 38.9×29.2cm, 1882, 반고흐미술관, 암스테르담

초기작 중 〈슬픔〉에는 빈센트의 원형질이 깃들어 있다. 나는 이 그림을 보면서 빈센트의 슬픔 속으로, 나아가 그가 그리려 했던 한 여인의 슬픔 속으로 저절로 빨려 들어가는 느낌을 받았다. 그는 대상을 굳이 아름답게 그리지 않는다. 어쩌면 빈센트는 한 여인의 고통받는 육체를 그림으로써 누드가 아닌 '슬픔'이라는 감정 자체를 그린 것이 아닐까? 이 그림에는 대상을 바라보며 눈시울이 뜨거워졌을 화가 빈센트의 젊은 영혼이 생생하게 투영되어 있다.

우리에게 익숙한 관습적인 아름다움, 즉 고운 피부라든지 균형 잡힌 윤곽선 등에 대한 집착이나 관심이 전혀 드러나지 않는 그림이다. 찬찬히 살펴보면 이 그림은 오히려 아름답지 않은 쪽에 가깝다. 누군가에게 '소중한 존재'로 사랑받지 못한 여인의 육체는 곳곳이 주름져 있고 생기라고는 찾아볼 수 없다. 하지만 나는 오랫동안 이 작품이 '더없이, 기적처럼 아름답'고 느껴왔다.

아름다움에 대한 정의는 빈센트의 그림 속에서 찬란하게 부서진다. 피사체나 배경이 아름답다든지, 그림 전체가 아름답다든지 하는 전형적인 감상이나 갈구가 빈센트의 그림에서는 산산이 무너져 내린다. 오히려 나는 대상이 느끼고 있는 '슬픔' 자체에 아름다움을 느낀다. 빈센트의 그림을 통해 나는 슬픔도 아름다울 수 있다는 것, 아니 슬픔이야말로 인간이 지닌 가장 아름다운 자산이라는 것을 깨닫는다. 슬픔 자체가 꽃이나 풍경처럼 아름답다는 뜻이 아니라 '타인의 슬픔을 바라보는 화가의 눈빛'이 아름답다는 사실을.

그녀의 몸 곳곳에 깃들어 있는 가난의 흔적, 불행의 상처, 사랑받지 못한 존재로서 느끼는 아픔은 어떤 설명이나 해설 없이도 고스란히 느껴진다. 그녀는 세상을 향한 소통을 포기한 듯 잔뜩 웅크린 모습이다. 자기를 바라보는 사람은 자기밖에 없다는 걸까. 폐쇄적인 몸짓으로, 아무것도 상관하지 않는다는 듯 얼굴조차 숨기고 있다. 이제 아무런 희망도 없다는 듯 그 무엇도 바라보지 않으려 한다.

무언가를 '바라본다'는 것은 목표의식을 가진 행위다. '멍하니' 앉아 있는 것은 어떤 곳에도 분명한 시선을 두지 않는 상태, 모든 목적을 잃어버린 상태를 말한다. 그런데 이 그림 속의 그녀는 '멍하니' 앉아 있다기보다 한사코 자신의 모습을 누구에게도 보여주지 않으려는 사람처럼 웅크리고 있다.

거리의 여인을 그린 것임을 모를 때조차 이 그림은 슬펐다. 화가는 아름답지 않은 여자의 모습, 누구에게도 소중한 존재로 받아들여진 적 없는 서글픈 모습 자체를 사랑하고 아낀 게 아닐까? 빈센트 이전 다른 화가들의 그림에서 여성의 생생한 감정과 영혼의 깊이를 느낄 수 있는 작품은 흔치 않았다. 여성은 아름다움과 관능의 대상으로 그야말로 '대상화'되는 경우가 많았고, 그리스 신화의 여신조차 여성의 육체를 관조하기 위한 대상으로 묘사되는 경우가 비일비재했다.

빈센트는 탁월한 여성, 주목받는 여성이 아닌 고통받는 여성, 고립된 여성을 그림으로써 오히려 여성을 진정한 '이야기의 주인공'으로 만들었다. 빈센트는 '얼굴'이나 '몸'을 넘어서, 여성의 마음과 삶의 흔적을 그리려 했다. 구구절절한 설명 없이도 우리는 곧바로 느낄 수 있다. 그렇기에 빈센트의 〈슬픔〉은 습작기의 갖은 모색과 좌충우돌의 과정이 고스란히 드러나 있음에도 불구하고 수많은 사람에게 감동을 주는 것이 아닐까?

우리는 혼신의 힘을 다해 그림을 그리고 화폭을 채우곤 한다. 그렇게 해야 사물의 진실한 모습, 본질적인 모습을 붙잡아낼 수 있거든. 대상의 본질을 파악하기, 바로 그것이 가장 어려운 일이야. 시간이 지난 뒤에 이 습작을 다시 가다듬고, 모델을 관찰하면서 그림을 조금씩 수정하다 보면, 더 멋지게 어우러진 작품을 얻을 수 있어. 그제야 편안하고 행복한 감정에 사로잡히게 되지.

— 테오에게 쓴 편지

화가는 자신과 피사체 사이의 '적정한 거리'를 유지하지 못해 애를 먹었지만, 이러한 '거리감 없음'이 대상을 향한 무한한 친밀감과 동질감을 낳았다. 빈센트는 평범한 농부의 그림을 장엄한 풍경화의 주체로 끌어올린 밀레의 작풍을 사랑했고, 밀레의 그림을 세심히 모사하거나 그의 전기를 꼼꼼히 읽으며 모든 것을 배우고자 노력했지만, 어느 순간 자신도 모르게 이미 밀레를 뛰어넘고 있었다.

빈센트는 자신이 존경하는 화가를 분석하고 모사하면서 끓어오르는 애정을 독창적인 작품으로 바꿀 줄 알았고, 비참한 상황에 처한 사람들을 보면서 단지 연민을 느낀 것이 아니라, 그들의 삶 깊숙이 침투하여 마음의 무늬까지 그림으로 옮겨낸다. 그는 초상화를 그리면서 '대상과 주체 사이의 거리'를 해소할 수 있는 자기만의 방법을 찾는다. 대상의 영혼 깊숙이 침투하는 듯한 시선으로, 사실적인 묘사나 과학적 원근법과는 상관없이 한 사람의 고뇌와 슬픔까지 그려내는, 진정한 마음의 눈을 뜨는 일이었다. 빈센트의 그림을 통해, 영원히 잊힐 뻔한 한 여인의 슬픔은 찬란한 예술의 오브제로 다시 태어났다.

미국 보스턴 하버드미술관

그 어느 곳에도
기대고
의지할 곳
없었던 마음

—

빈센트는 자신을 헌신적으로 후원해준 테오를 '제2의 아버지'로 생각했고, 오베르쉬르우아즈에서 만난 의사 가셰 박사를 '또 다른 동기간'이라고 생각했다. 테오가 빈센트를 물심양면으로 지원해줌으로써 그림을 포기하지 않도록 힘이 되어주었다면, 가셰는 빈센트 본인이 신체적으로나 정신적으로 자신과 '가장 닮은 사람'이라 여긴 소중한 친구였다. 빈센트의 마지막 순례지가 된 오베르쉬르우아 즈에 갔을 때, 기대 이상으로 가장 아름다웠던 곳은 바로 가셰의 정원이 었다. 폭우가 내려서 우산을 쓰고 걸어도 비가 들이쳤지만, 가셰의 정원 은 알록달록한 온갖 꽃과 나무들로 눈부신 자태를 뽐내고 있었다. 빈센 트가 테오에게 보낸 편지에서 묘사한 대로, 가셰의 집은 정말 놀라운 잡 동사니 천국이었다. 그는 온갖 신기한 물건들을 집 안에 모아들이는 못 말리는 수집광이었다. 가셰 자신도 그림을 곧잘 그렸고, 빈센트의 예술 세계를 테오만큼 깊이 이해해주는 사람이었다.

프랑스 오베르쉬르우아즈 가셰 박사의 정원

빈센트는 신경질적이면서 괴팍한 가셰의 성격까지 사랑했다. 빈센트가 그린 가셰의 초상을 보면 비로소 인물화에서 자신의 궁극적인 목표를 성취해낸 듯한 뿌듯함이 느껴진다. 빈센트는 가셰의 겉모습이 아닌 우울한 내면을 그리려 했다. 아내와 사별한 가셰는 힘겨운 시간을 보내고 있었고, 빈센트는 그의 깊은 상실감을 이해해주었다. 오베르쉬르우아즈 시절 빈센트는 몸 상태가 좋지 않았지만, 가셰의 정원에서 그림을 그리는 동안에는 진정 편안했던 것 같다. 빈센트는 알로에, 삼나무, 금잔화, 백장미, 포도나무 등으로 가득한 가셰의 정원에서 갓 스무 살 된 그의 딸을 그리며 행복해했다. 돈을 지불할 수 없어 늘 모델 구하기에 애를 먹은 빈센트에게 마음껏 그림을 그리는 자유는 너무 소중했다.

빈센트가 태어나 자란 네덜란드의 준데르트, 〈감자 먹는 사람들〉을 그린 누에넨, 광부들의 삶에 관심을 기울이고 화가로 살겠다고 결심한 벨기에의 몽스, 고갱과 함께 살며 수많은 걸작을 쏟아낸 프랑스의 아를, 정신병원에 입원해 있으면서도 포기하지 않고 가장 많은 그림을 그린 생레미에 이르기까지, 수많은 빈센트의 순례지가 있지만, 그중 파리를 여행하는 사람들이 가장 쉽게 빈센트의 흔적을 찾아 떠날 수 있는 곳이 바로 오베르쉬르우아즈다. 빈센트가 생의 마지막을 보냈던 작은 다락방, 치료를 받으며 수많은 교감을 나누었던 가셰의 정원, 〈오베르쉬르우아즈의 성당〉와 〈까마귀가 나는 밀밭〉 등의 배경이 된 장소가 거의 완벽하게 보존되어 있는 마을이기에 빈센트의 팬들이라면 사랑할 수밖에 없다. 파리에서 차를 타고 가면 30~40분 정도 걸리는 거리에 있어서 더욱 매력적인 장소다. 빈센트의 그림과 삶을 떠올리며 하루 종일 천천히 마을 곳곳을 둘러보고 난 뒤 빈센트의 무덤까지 걸어갔다가 파리로 돌아와, 다음 날 오르세미술관에 가서 빈센트의 원작을 감상하면, 그림에 대한 이해와 감상의 폭이 한층 두터워진다.

가셰는 예술가가 앓고 있는 신경증에 대해 논문을 쓴 정신과 의사이기도 했다. 요즘 같은 정신과 전문의는 아니었지만, 가셰는 예술가들의 정신세계에 깊은 관심을 가지고 있었다. 그는 예술가처럼 섬세하고 예민한 정신세계를 지닌 의사였다. 빈센트는 가셰를 무척이나 신뢰했지만, 그의 한계 또한 알고 있었다. "눈먼 장님이 또 다른 눈먼 장님을 이끌고 있는 지경이니, 이제 우리 둘 다 도랑에 빠져버리지나 않을까 걱정이야." 하지만 빈센트는 가셰에게 친밀감을 느꼈기에, 그와 이야기를 나누고 치료를 받는 동안 엄청난 양의 그림을 빠른 속도로 그려냈다.

빈센트는 몸과 마음이 모두 병들어버린 상태에서, 솟아나는 아이디어만큼 많은 그림을 그릴 수 없는 상황을 안타까워했다. 또 자신이 깨달은 바를 다른 동료나 후배에게 전해주고 싶었지만 그럴 만한 사람을 사귈 수도 없다고 고백한 뒤 추신처럼 이렇게 덧붙인다. "언젠가는 테오 너의 초상을 그리고 싶구나."

가슴 깊이 사랑할수록 그리기가 더욱 어렵지 않았을까. 테오를 그토록 사랑했지만 그의 초상화를 좀처럼 그리지 못했던 빈센트의 심정을 상상하며 편지를 읽으면, 안타까움에 가슴이 먹먹해진다. 동생 말고는 기대고 의지할 사람이 없었던 형의 마음을, 테오는 알고 있었을까.

오베르쉬르우아즈의 밀밭을 바라보고 있으면, 이제 영원히 함께할 두 사람, 빈센트와 테오가 황금 밀밭을 다정히 걸어가고 있는 듯한 착시가 느껴진다.

프랑스 오베르쉬르우아즈 밀밭

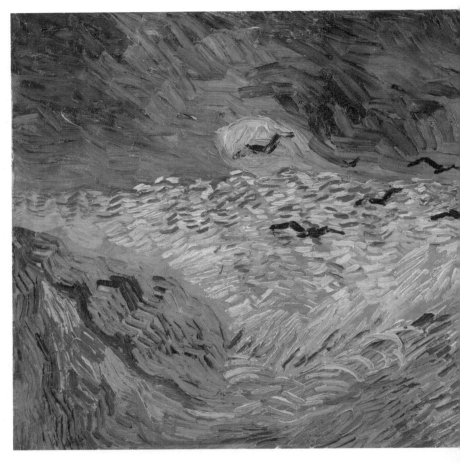

〈까마귀가 나는 밀밭〉
캔버스에 유채, 50.5×103cm, 1890, 반고흐미술관, 암스테르담

무사히
그림을
그릴 수 있는
바로 이 순간

—

네 살 어린 동생 테오의 제안과 자신의 불꽃같은 의지로 본격적인 그림 공부를 시작한 때는 빈센트가 스물일곱 살 되던 해였다. 구필상사에서 미술 작품을 거래하는 일로 시작된 빈센트의 직장 생활은 오래가지 못했다. 유럽에서는 미술 작품과 복제품 거래가 호황이었는데, 화상으로 성장한 테오는 이 일에 재능을 보였다. 테오가 유능한 화상으로 성장하고 있는 동안, 빈센트는 구필상사에서 미술 작품을 바라보는 안목을 키워나갔다. 그러나 타협하지 못하는 성품 때문에 동료나 선배 직원과 갈등을 겪다가 마침내 일을 그만두고 테오의 주선으로 헤이그로 떠났다. 헤이그에서 화가 마우버의 화실에서 그림 수업을 받았지만, 그림에 대한 견해 차이로 갈등을 빚어 헤어지고 말았다.

빈센트 순례를 떠나며 나는 자연스럽게 '빈센트가 사랑했던 사람들'에 대해 관심을 가지게 되었다. 빈센트는 특히 렘브란트, 들라크루아, 밀레의 작품 세계를 동경했다.

'빈센트가 사랑했던 화가들'이라는 생각으로 그들의 작품 세계를 다시 바라보니 더더욱 전과 다른 애정이 샘솟았다. 빈센트의 발자취를 찾아 떠난 나의 여행은 결국 '빈센트가 사랑했던 사람들'을 찾아가는 길과 겹치게 되었다. 암스테르담 렘브란트하우스에서 렘브란트의 작업실을 직접 보게 되니 더욱 반가웠다.

빈센트의 무덤이 있는 오베르쉬르우아즈에 다녀와서 파리 근교에 모네의 안식처 지베르니가 있음을 알게 되어 그곳도 다녀왔다. 헤이그에서 빈센트의 발자취를 찾다가 우연히 왕립미술관을 발견하여 베르메르의 〈진주 귀고리 소녀〉를 직접 보는 감동을 맛보기도 했다. 이렇듯 한 사람의 발자취를 더듬는 길은 그가 사랑했던 수많은 타인과 함께하는 더 커다란 여정으로 확장된다.

빈센트가 처음부터 독학의 길을 자처했던 것은 아니었다. 자신의 견해를 워낙 강하게 주장했기에 선배 화가들과 마찰을 빚는 일이 잦았고 '스승과 제자의 관계'를 맺는 일이 여의치 않게 되어버렸다. 1885년에는 벨기에 안트베르펜미술학교에서 의욕적으로 공부를 시작했으나 '다른 학생들에게 좋지 않은 영향을 준다'는 이유로 몇 달 만에 퇴학을 당하고 말았다.

이런 일들이 여러 번 반복되자 빈센트는 점차 독학의 길로 접어들게 되었다. 이제 20대 후반에 접어든 빈센트는 렘브란트, 할스, 라위스달 등 자신이 좋아했던 화가들의 그림을 모사하면서 홀로 그림을 공부했다. 미술의 기초 이론뿐만 아니라 해부학과 원근법에 대한 책을 보면

벨기에 안트베르펜 미술학교

서 기본기를 탄탄히 다지기도 했다.

빈센트는 사실주의적 기교나 아카데미의 엄격성이 아닌 '예술가의 진정성'을 표현하는 길을 끊임없이 고민했다. 밑바닥 삶, 고통으로 얼룩진 인생의 진실을 그림을 통해 전달할 수 있다는 믿음이야말로 빈센트를 지탱한 내면의 힘이었다. 〈감자 먹는 사람들〉에 대하여 테오에게 남긴 편지에 그가 무엇을 중요하게 여겼는지 여실히 드러나 있듯 말이다.

자신을 받아줄 만한 스승을 찾지 못해 독학했고, 자신과 함께 살아줄 여인을 찾지 못해 오랫동안 독신으로 살았지만, 빈센트는 항상 스승과 반려자를 찾고 있었다. 살아 있는 스승과 함께하기 어려웠기에 이미 세상을 떠난 대가들에게서 영감을 받으려 노력했다. 그가 마지막으로 찾아낸 '타인과 함께하는 법'은 아를에서 고갱과 함께 예술가들의 공동체를 만드는 것이었다. 하지만 빈센트 못지않게 자신의 예술적 견해를 강하게 주장했던 고갱과 함께 살기란 쉬운 일이 아니었다.

빈센트는 고갱과 함께 살기 위해 '노란 집'을 아름답게 꾸미고 정성껏 가꾸었다. 노란 집은 가장 크고 어엿한 화실이자 집이 되었다. 두 개의 큰 방에 작은 방이 하나씩 딸린, 론강에서 그리 멀지 않은 노란 집에서 빈센트는 화상과 고객의 이해관계에 휘둘리지 않는 예술가의 자유로운 공동체를 꿈꾸었다. 화가들이 서로 뭉쳐 자신의 그림을 조합에 맡기고 판매 수익을 나누어 갖는 것이다. 그림을 그리느라 생계에 충실할 수 없는 가난한 화가들이 힘을 모아 자율적인 협동조합을 만들자는, 당시로서는 혁명적인 아이디어였다.

프랑스 아를 빈센트의 노란 집
빈센트가 머물렀던 2층 노란 집은 제2차 세계대전 때 폭격으로 소실되었다

〈노란 집〉
캔버스에 유채, 72×91.5cm, 1888, 반고흐미술관, 암스테르담

빈센트는 더 이상 화가들이 외롭지 않은 세상, 화가들이 돈 때문에 그림을 포기하지 않는 세상을 꿈꾸었다. 그리하여 자신과 감수성이 맞는 화가 고갱과 실험적인 공동체 생활을 시도하게 된다. 하지만 막상 함께 살아보니 예술가들의 협업이란 쉬운 일이 아니었다. 고갱과 빈센트는 프랑스 남부의 몽펠리에를 여행하며 미술관을 관람한 후 견해차로 크게 다투게 된다. 두 사람의 갈등은 날이 갈수록 격심해졌고, 마침내 빈센트가 자신의 귀를 자르는 사건이 터지고 만다. 아를은 빈센트의 작품 세계가 괄목할 만한 성장을 이룬 기념비적 장소이지만, 그를 평생 괴롭힌 발작이 본격적으로 시작된 고통스러운 장소이기도 했다.

아를에 가기 전까지만 해도 빈센트는 자신이 화가로서 어느 정도 성공하리라는 희망을 품었다. 하지만 고갱과 함께한 생활이 실패로 끝나면서 무시무시한 발작을 경험했고 이후 계속 그림을 그릴 수 없을지도 모른다는 두려움에 휩싸였다.

성공도 하고 행복도 누리려면 나 같은 사람과는 다른 성격을 가져야 해. 나는 내가 한때 해낼 수 있었던 것들, 반드시 이루고자 했던 목표에 끝내 도달하지 못할 거야. 들라크루아와 밀레의 탁월함, 그들의 창조적 가치를 알면서도 나는 아직 아무것도 되지 못했고, 무엇도 이루지 못했으니까.

— 테오에게 쓴 편지

테오에게 보낸 편지에서 빈센트는 이런 절망감을 표현하지만, 그럼에도 불구하고 포기하지 않고 다음 발작이 찾아오기 전에 한 작품이라도 더 그리고 싶은 의지를 드러낸다.

요새 나는 정말 신들린 것처럼 그림을 그리고 있다. 말 없이 그저 그림에만 몰두하고 있어. 이렇게 열심히 일하면 발작이 낫는 데도 도움이 되지 않을까. 들라크루아가 한때 이렇게 말한 적이 있었는데, 나에게 정말 그런 일이 일어난 것 같아. 이빨이 빠지고 숨도 제대로 쉴 수 없게 되었을 때야 비로소 그림다운 그림을 찾아냈다고.

- 테오에게 쓴 편지

빈센트는 고갱과 헤어질 무렵 나타난 무시무시한 발작이 또 찾아올까 봐 두려워했다. 하지만 바로 그런 두려움 때문에 '무사히 그림을 그릴 수 있는 바로 이 순간'의 소중함을 절실히 깨닫게 된다. 이빨이 빠지고 숨도 제대로 쉴 수 없게 되었을 때가 올지라도, 결코 그림 그리기를 포기하고 싶지 않았을 빈센트의 열정이 손에 잡힐 듯 생생하다.

내가 가장
아파하는 그곳에서
함께 울어줄

―

빈센트의 그림에는 강력한 스토리텔링이 있다. 그래서 항상 어떤 '이야기의 주인공'을 떠올리게 한다. 인물화는 물론 붓꽃이나 해바라기조차 빈센트가 그리면 강력한 스토리텔링처럼 느껴질 정도다. 그림이 포착하고 있는 한 장면만을 봐도 주인공이 겪어온 오랜 시간의 풍랑이 생생하게 느껴진다. 빈센트는 그림이라는 시각 이미지로 관객에게 어떤 서사적 드라마를 상상하게 해준다. 특히 빈센트의 자화상에는 오랫동안 고통받아온 화가 자신의 인생이 고스란히 드러나 관객에게 깊은 감동을 준다. 우리는 그것을 정확히 묘사할 수 없지만 생생하게 느낄 수 있다. 타인의 고통을 정직하고 투명하게 응시함으로써 관객은 기이한 위로를 느낀다. '그는 아프고, 나는 괜찮다'는 비교 감정 때문이 아니다. 고통을 애써 다른 무엇으로 포장하지 않고 투명하게 응시함으로써 인간의 일, 당신의 일, 그리고 마침내 '나'의 일로 받아들이게 만드는 힘 때문이다.

인간의 고통을 바라보는 빈센트의 독특한 시선은 〈피에타〉에도 잘 나타난다. 예수를 안고 있는 성모 마리아뿐만 아니라 예수의 얼굴 또한 빈센트 자신의 자화상과 무척 닮았다. 마리아는 마치 이렇게 속삭이는 것 같다. '이 사람을 보세요. 이 사람은 당신들 때문에 충분히 고통받았습니다. 하지만 당신들을 미워하지 않아요. 오히려 변함없이 사랑하고 있습니다. 당신들이 가장 아파하는 바로 그곳에서, 함께 울어줄 것입니다.' 마리아와 예수의 표정은 고통에서 해방된 표정이 아니라, 고통 안에 머물고 있으면서도 굴복하지 않은 자의 표정이다. 내가 괜찮아졌기 때문에 누군가를 돕고 싶은 것이 아니라, 고통 한가운데 있으면서도 지금 고통받고 있는 누군가를 구원하고자 하는 의지를, 나는 이 그림을 통해 느낀다.

빈센트는 결국 성직자의 길을 포기했지만, 수련 과정에서 내면화한 삶의 가치는 그림에 영원한 통주저음으로 깔려 있었다. 빈센트의 전기 《화가 반 고흐 이전의 판 호흐》를 쓴 스티븐 네이프와 그레고리 화이트 스미스는 이렇게 말한다. 빈센트에게 설교란 오직 한 가지를 뜻한다고. 그것은 바로 '위로'다. 끊임없이, 아주 사소한 일마저 고백하게 하여 개인에게 죄책감을 불러일으키던 엄격한 가톨릭 교회와 달리, 네덜란드에 새로 뿌리를 내리기 시작한 개혁 교회는 한 사람 한 사람을 위로하는 데 집중하기 시작했다. 목사들의 설교에서 신은 인간을 두루두루 살펴보시며, 그들이 겪는 수많은 고통에 안타까워하며 위로의 눈길을 보내는 존재로 그려졌다. 빈센트의 아버지 또한 고통이란 나쁜 것이 아니며 오히려 신에게 가까이 다가가는 길이라고 설교하던 목사였다. 빈센트는 교회가 선사하던 위로의 가치를 누구보다 가슴 깊이 아로새겼다. 어린 시절부터 주변 세상과 화합하지 못했던 빈센트에게 가장 필요한 것이 바로 따스한 위로였기 때문이다. 밝고 따뜻한 느낌으로 그려진 고갱의 〈노란 예수〉와 달리, 빈센트의 예수는 고통받고 핍박받는 예수, 그러나 자신의 고통을 거울로 삼아 끝내 수많은 사람을 구해낸 구원자의 이미지로 그려졌다.

빈센트는 아버지 테오도뤼스와 평생 불화했지만, 그가 신도들에게 전파한 메시지에는 아낌없는 응원을 보냈다. 그것은 바로 가난하고 아픈 사람들에 대한 영적인 위안이었다. 사방이 가톨릭 신자들로 둘러싸인 신교도의 불모지에서 선교를 할 수 있는 유일한 방법이 '위로'였을지도 모른다. 무리하게 주장하는 게 아니라 한 사람 한 사람의 고민과 슬픔에 다가가는 것만이 사람들과 가까워질 수 있는 길이었으리라. 빈센트가 종교로부터 얻고자 했던 것은 '치료의 언어'였고, 그는 자신의 그림을 통해 치료의 언어를 치료의 색채와 형태로 바꾸었다. 빈센트에게 예수는 가장 부당하게 고통받는 사람이었고, 고통의 기억을 복수가 아닌 구원의 에너지로 바꾸어낸 존재였다. 빈센트에게 우울이란 떨쳐내야 할 적이 아닌 순금처럼 소중한 무엇이었다.

고난을 통한 구원이라는 주제는 빈센트를 평생 사로잡은 원형적 모티브였다. 그래서 고통을 통해 오히려 구원의 메시지를 그려낸 디킨스, 졸라, 칼라일, 엘리엇의 책들을 좋아했던 것이다.

〈피에타(들라크루아 작품 모작)〉
캔버스에 유채, 73×60.5cm, 1889, 반고흐미술관, 암스테르담

〈자화상〉
캔버스에 유채, 40.3×34cm, 1887, 워즈워스학당미술관, 하트퍼드

〈착한 사마리아인(들라크루아 작품 모작)〉
캔버스에 유채, 73×60cm, 1890, 크뢸러뮐러미술관, 오텔로

빈센트의 〈피에타〉를 보면 '상처 입은 자가 바로 상처를 치유할 수 있다'는 심리학자 카를 융의 믿음을 떠올리게 한다. 나보다 훨씬 행복한 자의 위로가 아니라, 나보다 훨씬 고통받고 상처 입은 자의 고난에 찬 위로이기 때문에 우리는 더 깊은 공감을 느낄 수가 있는 것이다.

빈센트의 〈착한 사마리아인〉은 자신 또한 어려운 처지에 있음에도 상처 입고 쓰러져 위기를 맞은 사람을 구하는 인간의 위대한 모습을 그려낸다. 〈해바라기〉처럼 환한 색감이 그림 전체를 따스하게 감싸고 있다. 누가복음에 등장하는 착한 사마리아인은, 여리고로 가는 도중 강도를 만나 가진 것을 모두 빼앗기고 두들겨 맞아 피투성이가 된 남자를 구해준다. 그러나 모든 사람의 존경을 받던 율법사, 경건하기로 소문난 레위인은 그 가여운 남자를 지나쳐 갔다. 빈센트의 그림에서 저 멀리 아스라하게 사라져가는 사람들이다. 그들은 평소 존경을 받고 부러울 것 없이 살아가는 유복한 사람들이다. 하지만 정작 길가에 쓰러진 고통받는 사람을 구하지 않는다. 온갖 부당한 대접에 상처받던 사마리아인만이 쓰러진 사람을 온 힘을 다해 구해준다. 사마리아인은 쓰러진 사람의 몸을 일으켜 세우기에는 힘이 부족해 보이지만, 안간힘을 다하고 있는 중이다. 그 강렬한 구원의 몸짓이, 자신도 힘들면서 남을 도우려는 간절한 구원의 몸짓이, 주변의 세상까지도 환하게 바꾸는 듯하다.

그림을
그린다는 건
영원을 향해
나아가는 것

—

빈센트에게는 모든 것이 턱없이 모자랐다. 돈도, 시간도, 마음의 여유도. 무엇보다 사람과 사람 사이의 따뜻한 정과 인연의 축복이 모자랐다. 삶에 있어 가장 커다란 결핍은 마음 둘 곳이 없다는 것이었고, 그림에 있어 가장 현실적인 문제는 모델을 구하기가 어렵다는 점이었다. 가난했던 빈센트는 초상화 모델을 구하는 데 매번 애를 먹었다. 간신히 모델을 구한다 하더라도, 빈센트의 그림을 이해하지 못했던 모델들은 자신들의 상상과 너무도 다르게 그려진 결과물을 보고 기겁하여 도망치기도 했다. 빈센트가 한 번에, 빛처럼 빠른 속도로, 망설임 없이 그림을 그리고 싶어 했던 이유 중 하나도 모델을 구하기가 어렵기 때문이었을 것이다.

파리에서 테오와 함께 지내면서 빈센트는 예전보다 훨씬 다채로운 모델들을 발견했지만, 자신이 원하는 시간만큼 오래 모델과 함께하기는 어려웠다. 인물화에 사활을 걸고 있었기에 모델을 제대로 구할 수

〈자화상〉
캔버스에 유채, 65.1×50cm, 1888, 반고흐미술관, 암스테르담

없다는 것은 물과 공기를 빼앗기는 듯한 아픔이었다. 하지만 루브르박물관의 방대한 소장품들뿐만 아니라 피사로나 로트레크를 비롯한 살아 있는 화가들의 그림을 매일 접하던 파리에서 가장 친밀하면서도 부담 없는 모델을 발견한다. 어떻게 포즈를 취해달라고 부탁할 필요가 없는 모델, 모델료를 지불하지 않아도 언제든 불러낼 수 있는 모델, 바로 자신이었다. 파리에 머물던 시절이야말로 본격적으로 자화상의 다채로움을 실험하기 시작한 때였다. 이때부터 빈센트의 자화상 캔버스는 과연 같은 사람을 그렸나 싶을 정도로 변화무쌍한 형태와 색채의 실험장이 되어간다.

자화상을 통해 빈센트는 '내가 아닌 타인이라는 모델'과 싸울 필요가 없어졌다. 그는 아름다운 풍경화가 아닌 인간의 격정과 분노, 슬픔과 고통, 기쁨과 열정을 그리고 싶어 했다. 육안으로 보이는 세계가 아니라 마음 깊은 데서 뿜어져 나오는 감정과 열망을 그리고 싶어 했던 것이다. 꽃이나 풍경을 그릴 때조차 내면의 격정을, 화가의 마음을 그린 것처럼 보인다.

내면의 세계를 그릴 때 빈센트는 평화나 고요보다 격정과 분노를 표현하고 싶어 했고, 특히 수많은 사람을 만나며 온갖 감정을 느꼈던 파리에서는 자화상의 색채가 더욱 강렬하고 선명해진다. 파리 시절의 자화상을 보면 강렬한 보색대비를 과감하게 실험한 작품이 많다. 그는 테오에게 이렇게 말한다. "나는 빨간색과 초록색으로 인간의 무서운 정념을 표현하고 싶다."

1 2
3 4

1 〈밀짚모자를 쓴 자화상〉, 캔버스에 유채, 34.9×26.7cm, 1887, 디트로이트미술관
2 〈자화상〉, 캔버스에 유채, 41×32.5cm, 1887, 시카고아트인스티튜트
3 〈회색 펠트 모자를 쓴 자화상〉, 캔버스에 유채, 44.5×37.2cm, 1887, 반고흐미술관, 암스테르담
4 〈밀짚모자를 쓴 자화상〉, 캔버스에 유채, 40.9×32.8cm, 1887, 반고흐미술관, 암스테르담

_____Vincent my Vincent

자화상 속에서 빈센트는 때로는 밀짚모자를 썼고, 붉은 수염을 수북하게 길렀으며, 정장에 넥타이 차림이었고, 농부처럼 작업복을 입고 있다. 하지만 변함없이 이 모습이 빈센트구나 하는 반가움을 불러일으키는 것은 바로 그의 '눈빛'이다. 무언가 간절히 호소하는 듯한 눈빛, 내 마음을 반드시 전하고야 말겠다는 절실한 눈빛이다. 때로는 도전적인 표정으로 때로는 실의에 빠진 모습으로 관객을 바라보고 있는 빈센트의 모습은 어떤 '멈출 수 없음'을 표현하는 듯하다. 비록 하염없는 절망으로 얼룩져 있을지라도, 이 길을 갈 수밖에 없는 자의 간절함. 빈센트의 자화상은 바로 그런 격정과 견딤의 몸짓을 담고 있다. 바라보는 사람이 발걸음을 멈출 수밖에 없는 애절함이 살아 숨 쉬고 있다.

　　그는 훌륭한 예술 작품 안에는 모종의 광기가 숨어 있다고 생각했다. 그런 작품에 무한한 애정과 찬사를 보내는 사람 또한 일종의 광인으로 보았다. 인간의 내부에 숨어 있는 광기를 표현하는 것이 예술의 역할 중 일부로 여겼던 것이다. 하지만 광기를 표현하는 것과 광인임을 인정하는 것은 달랐다. 광기는 모든 사람의 내면에 숨어 있는 본성이지만, '나는 광인이다'라고 선언하는 것은 더 이상 일반 사회에 받아들여질 수 없음을 의미했기 때문이다. 그는 오히려 다른 사람이 자신을 광인으로 볼까 봐 무척 두려워했다.

　　빈센트는 자신의 광기가 발작으로 진행되지 않기를 바랐으며 이에 굴하지 않고 희망을 찾으려 했다. 테오에게 보낸 편지에서 흥분 상태가 엄습할 때마다 오히려 영원과 무한을 생각하게 된다고 했다.

찬 서리와 비를 맞으며 길바닥에서 잠들었는데 오히려 에너지가 샘솟는 기분이었단다. 그때 나는 이렇게 중얼거렸지. 어떤 절망 속에서도 다시 일어나고야 말리라. 던져둔 연필을 쥐고 계속 그림을 그리리라. 그 순간부터 세상이 완전히 다르게 보이기 시작했지……. 그림을 그린다는 것은 영원을 향해 다가서는 것이다.

– 테오에게 쓴 편지

불평하지 않고 고통을 견뎌내고, 반감 없이 고통을 직시하는 법을 배우다 보면, 어지럼증을 느끼게 된다고도 했다. 그것은 분명 가능한 일이며, 심지어 그렇게 고통을 견디는 과정 속에서 희미하게나마 희망을 발견할 수 있다고도 고백했다.

절망과 광기가 최고조를 이루었던 아를과 오베르쉬르우아즈 시절에 그린 그림들이 오히려 찬란한 색채와 따스한 열정으로 넘치는 이유를 이제야 이해할 수 있을 것 같다. 빈센트는 광기를 단순히 어둠으로 인식한 것이 아니라 어둠 속에서 발견하는 또 하나의 희망의 징조로 인식했던 것이다.

미국 뉴욕 메트로폴리탄미술관

사람들의
마음속으로
좀처럼 다가가지
못하고

—

'빈센트의 자화상' 하면 우리는 스스로 귀를 자른 뒤의 우울한 모습을 많이 떠올리지만, 내가 좋아하는 자화상 하나가 있다. 그 그림에서 빈센트의 모습은 은근히 쾌활하면서도 명랑하다. 빈센트의 그림자조차 어쩐지 밝고 따스하다. 떠돌이 그림쟁이라는 운명을 온몸으로 받아들인 듯한 여유로움이 느껴진다. 고갱과 함께하기 직전의 빈센트는 매우 행복한 상태였다. 그의 가슴은 미래를 향한 꿈으로 넘실거렸고, 앞으로의 시간에 대한 설렘으로 가득했다.

나는 한 번 시작하면 바로 그 자리에서 누군가를 그리는 데 아주 능숙하거든. (……) 가장 먼저 온 손님과 술 한잔 마신 뒤, 수채화가 아닌 유화로, 화가 도미에 식으로 즉석에서 그 사람을 그려내는 거야. 이런 식으로 백 번 정도 그려내면, 그중에서 멋진 작품이 나오지 않겠니? 나는 이제 더욱 프랑스인다워지고, 더욱 나다워지고, 그리고 술꾼이 되겠지.

〈타라스콩으로 향하는 화가〉
캔버스에 유채, 48×44cm, 1888
제2차 세계대전 공습 시 소실

술만 마시는 방랑자가 아니라 그림을 그리는 방랑자가 될 거야.

- 테오에게 쓴 편지

　　빈센트에게 이런 행복한 시간을 선사한 친구는 바로 아를 기차역의 우체국 직원 룰랭이었다. 룰랭은 만날 때마다 술기운을 풍기는 마흔일곱 살 사내였고, 술만큼이나 끝없는 수다를 좋아했다. 룰랭은 카페에 오직 빈센트만 남을 때까지, 신나게 마시고 떠들어대며 그를 웃게 해주었다. 룰랭은 늘 낡은 우체국 제복을 입은 채 돌아다녔고, 모자에 새겨져 있던 '우편(Postes)'이라는 글자는 커다란 자부심의 원천이었다. 낙천적인 우체부 룰랭과 어울리는 동안 빈센트는 적어도 모델이 없어 가슴앓이를 하진 않았다. 룰랭뿐만 아니라 그의 아내와 아이, 갓 태어난 아기까지 모델이 되어주었기 때문이다.

　　〈우체부〉는 룰랭이 마르세유로 전근을 간 후, 남편을 그리워하는 룰랭의 부인 오귀스탱을 위해 그려준 그림이다. 그림에는 친구의 따스한 우정과 깊은 인간적 이해가 가득하다. 룰랭은 무엇이든 숨김없이 떠벌리기 좋아하고 밤늦도록 술집에서 노닥거리기를 좋아했지만, 빈센트가 귀를 자른 뒤 아를에서 유일하게 빈센트 편에 서서 그를 지켜주기도 했다. 가난하고 선량한 우체부 가족을 빈센트는 진정으로 사랑했다. 룰랭의 배려 덕분에 빈센트는 그토록 간절히 원하던 모델을 구했다. 테오에게 보낸 편지에도 룰랭 가족에 대한 애정이 담뿍 담겨 있다.

1 2
3 4

1 〈우편배달부 조제프 룰랭의 초상〉, 캔버스에 유채, 65×54cm, 1889, 크뢸러뮐러미술관, 오텔로
2 〈자장가(룰랭 부인의 초상)〉, 캔버스에 유채, 92.7×73.8cm, 1889, 시카고아트인스티튜트
3 〈아기 마르셀 룰랭〉, 캔버스에 유채, 35.2×24.6cm, 1888, 반고흐미술관, 암스테르담
4 〈까미 룰랭의 초상〉, 캔버스에 유채, 40.5×32.5cm, 1888, 반고흐미술관, 암스테르담

나는 지금 금테를 두른 푸른 제복을 입은 우체국 직원을 그리고 있단다. 그는 수염을 가득 기른 커다란 얼굴에, 마치 소크라테스 같은 인상을 풍기는 사내야. 내가 만난 어떤 사람보다도 재미있는 사람이란다. (……) 룰랭의 가족 모두를 그렸단다. 예전에 초상을 그린 우체국 직원의 가족 말이야. 남편, 아내, 아기, 열여섯 살짜리 소년. 모두 개성이 넘치고 프랑스인처럼 보이지만 어딘가 러시아인 같은 느낌을 풍기기도 해.
- 테오에게 쓴 편지

빈센트는 아를의 주민들과 사귀려 노력하지만 프로방스 사투리를 익히기도 어려웠고, 늘 그랬듯이 사람들을 사귀는 것은 빈센트에게 가장 힘든 일이었다. "그들과 나 사이는 너무 멀어 보여. 나는 사람들의 마음속으로 좀처럼 다가가지 못해. 하루 종일 그저 음식이나 커피 주문을 할 때 말고는 거의 말 없이 지낸단다. 처음부터 그래왔지." 빈센트는 벨기에의 보리나주나 네덜란드의 누에넨만큼이나 아를에서도 뼛속 깊이 외로움을 느꼈지만 룰랭과 함께한 시간은 거의 유일하게 외로움을 느끼지 않은 시간이었다. 다정다감한 룰랭 가족과 함께하는 동안, 빈센트는 자신이 결코 경험한 적 없는 화목한 가족의 모습을 발견했을 것이다. 룰랭의 부인 오귀스탱을 그린 작품을 보면, 빈센트가 간절하게 그리워한 자애로운 어머니의 이미지를 이 여인에게서 발견한 것이 아닐까 생각하게 된다. 빈센트가 그린 어머니보다 룰랭의 부인이 훨씬 따뜻하고, 온화하며, 다정하게 그려져 있기 때문이다.

〈어머니의 초상〉
캔버스에 유채, 40.6×32.4cm, 1888, 노턴사이먼미술관, 패서디나

고갱의 전보를 받은 테오가 아를로 달려갔을 때, 빈센트는 입원해 있었고 노란 집을 지켜준 것은 룰랭이었다. 빈센트가 어느 정도 위중한 상황에서 벗어난 뒤, 룰랭이 마르세유로 이사를 하게 되어 빈센트는 깊이 상심했다. 룰랭이 마르세유로 떠난 뒤, 고갱에게 보낸 편지에도 그에 대한 깊은 그리움이 묻어난다.

고갱, 자네의 편지 고맙네. 나는 자네가 떠난 이 작은 노란 집에 혼자 남아 있다네. (……) 룰랭이 마르세유로 전근을 가게 되었는데, 좀 전에 떠났지. 그가 최근 며칠 동안 딸 마르셀을 무릎에 앉힌 채 아이를 웃겨 주는 장면을 보니 가슴이 찡했다네. (……) 룰랭이 딸아이에게 노래를 불러줬는데, 기이한 톤으로 변하는 그의 목소리는 마치 어떤 여인이 요람을 흔들어주면서 불러주는 자장가처럼 들리거든. 또는 슬픔에 빠진 간호사의 목소리 같기도 하고, 애국심을 고취하는 아련한 나팔소리처럼 들리기도 해.

– 고갱에게 쓴 편지

빈센트를 버리고 떠난 고갱에 대한 그리움 또한 짙게 묻어난다. 또다시 기회가 주어진다면, 고갱과 함께하고 싶었던 것이다. "고갱, 나는 바란다네. 필요하다면, 우리가 새롭게 시작해도 괜찮을 만큼 서로를 좋아하길 말일세." 고갱 때문에 그토록 힘겨운 시간을 보내고 나서도, 결코 고갱을, 그리고 '벗과 함께한 시간'을 결코 잊지 못했던 것이다.

아무도
내 이야기를
들어주지
않았다

___

어떤 일이 일어나도, 삶의 방향이 아무리 바뀌어도, 좀처럼 변하지 않는 인간의 기질이 있다. 성격이나 기억은 상황에 따라 변할 수 있지만, 이런 마음의 원형질은 어떤 곤경 속에서도 좀처럼 변하지 않는다. 빈센트에게는 '기쁨보다 슬픔을 중시하는 기질'이 있었다. 빈센트는 심지어 화가로서 가장 기쁜 순간에도, 깊은 슬픔을 느꼈다. 그 당시 한참 주가를 올리기 시작한 젊은 평론가 오리에가 빈센트의 작품을 격찬하는 글을 신문에 실어 화제를 모았을 때조차, 빈센트는 기쁨을 온전히 즐기지 못했다. 자신에게 보내는 찬사를 자기보다 더 힘들게 고군분투했던 화가 몽티셀리에게 해달라고, 오리에에게 편지를 보냈을 정도였다.

빈센트는 기쁨을 싫어한 것이 아니라, 인간이 느끼는 모든 감정, 즉 희로애락애오욕의 근저에 슬픔이 깔려 있다고 본 것이 아닐까? "슬픔은 기쁨보다 더 낫습니다. 커다란 기쁨 속에서조차 마음은 슬프지만 잔칫집보다 장례식장에 가는 편이 더 낫습니다. 겉모습은 슬퍼 보일지라도 마음은 오히려 더 낫기 때문입니다." 20대 초반에 빈센트는 슬픔의 가치를 높이 평가하면서 사도 바울의 말을 인용한다. 인간은 슬퍼할 줄 아는 한, 항상 기쁘다고. 믿음이 있는 사람들에게 희망에 가 닿지 않는 죽음이나 슬픔은 없다고. 따라서 믿음이 있는 사람은 절망도 없고 끊임없이 다시 태어나며 어둠에서 빛으로 나아갈 뿐이라고.

빈센트가 가장 깊은 슬픔을 느낄 때는 '아무도 내 말을 들어주지 않는다'고 여길 때였다. 고갱과의 갈등이 극에 달했을 때 빈센트가 왜 하필 자신의 귀를 잘랐는지는 오랫동안 논쟁거리가 되어왔다. 물론 정확한 이유를 찾을 수는 없다. 그러나 그가 고통 속에서 고갱에게 보여주고 싶던 것은 '귀'였다. 참혹하게 잘린 귀를 통해 '제발 내 말을 들어달라'고 절규하고 있던 것은 아닐까? 당신은 귀가 있어도 내 말을 듣지 못하니, 제발 마음의 귀를 열어 내 말을 들어달라고.

그러나 이 사건을 통해 더 잘 들리게 된 것은 빈센트 자신에게서 울려 퍼지는 내면의 목소리였다. 빈센트가 귀를 자른 사건 직후에 그린 자화상들에는 전과 달리 슬픔의 그늘이 더욱 짙게 드리워져 있다. 어쩌면 타인과의 교감이 영원히 불가능할지도 모른다는 절망감, 어쩌면 나는 누구와도 함께 살아갈 수 없을지도 모른다는 공포와 불안이 짙게 드리워져 있는 것이다.

귀에 붕대를 감은 또 하나의 자화상에서 빈센트는 30대 후반이라는 나이가 믿기지 않도록 늙고 지쳐 보인다. 그런데 이 쓸쓸한 자화상에는 전에 없던 평온과 평화의 기운이 깃들어 있다. 빈센트 특유의 열정과 광기보다 체념과 포기의 기운이 더 강하게 느껴지는 이 그림에서, 오히려 '잡지 못할 것은 내버려두자'고 스스로를 타이르는 듯한 성숙함과 여유로움도 느껴진다. 지극한 고통 뒤에 찾아오는 뜻밖의 해탈 같은 자유로움이 배어 있다. 모든 것을 걸었던 고갱과의 공동체 생활이 실패로 돌아간 뒤, 아직 귀를 자른 상처가 다 아물지도 않은 상태에서 이런 그림을 그릴 수 있다는 것이 놀라울 따름이다.

실제로 아를에서의 작품 활동을 끝내고, 오베르쉬르우아즈로 이주를 준비하는 동안 빈센트의 작품에서는 또다시 엄청난 활기가 느껴지기 시작한다. 사람들은 그에게서 이카루스의 최후를 보았을지 모르지만, 빈센트는 마치 날개가 다 녹아버려 떨어지는 순간마다 새로운 날개가 돋아나는 것만 같았다. 그는 불사조처럼 다시 일어섰다. 오베르쉬르우아즈에서 주변 사람들 모두 빈센트에 대한 희망을 접었던 순간에도 그 스스로는 포기하지 않았다. 언젠가 화가들의 공동체를 이루리라는 희망을, 언젠가 테오에게 진 빚을 갚을 수 있으리라는 희망을.

나는 〈밀 이삭〉을 처음 보았을 때, 마음 한구석에 차곡차곡 쌓아둔 제방이 무너져 내리는 느낌이었다. 이 그림은 내 마음의 둑을 무너뜨렸다. 누군가의 마음속을 너무 깊게 들여다봐서는 안 된다는 방어기제를 무너뜨렸다. 그후로 한참 시간이 흘러 생각해보니, 그제야 이 그림을 보고 그토록 마음이 아팠던 이유를 알 것 같았다.

나도 모르게 보아서는 안 될 무엇을 엿본 느낌이었다. 빈센트의 지

〈귀에 붕대를 감은 자화상〉
캔버스에 유채, 60.5×50cm, 1889, 코톨드인스티튜트갤러리, 런던

〈파이프를 물고 귀에 붕대를 감은 자화상〉
캔버스에 유채, 51×45cm, 1889, 개인 소장

독한 외로움의 밑바닥을. 들판에 지천으로 널려 있는 밀 이삭들을 보면서도 '사람의 귀'를 떠올렸던 빈센트의 처절한 외로움을. 배고픈 사람의 눈에는 세상 모든 사물이, 설령 전혀 먹을 수 없는 것조차 음식으로 보이듯 아무도 내 말에 귀 기울이지 않는 절망 속에서 오랜 시간 헤맨 빈센트에게는 밀밭의 이삭 하나하나가 '사람의 귀'로 보이지 않았을까.

빈센트는 자신의 마음을 부드럽고 섬세하게 매만져 듣기 좋은 메시지로 다듬어내는 데 소질이 없었다. 주변 사람들은 물론 사랑하는 가족까지 오랫동안 그와 대화하기를 꺼렸다. 특히 마지막 몇 년 동안에는 테오마저 빈센트에게 어느 정도 거리를 두려 했으니, 빈센트의 외로움은 극에 달할 수밖에 없었다. 건실하고 선량한 테오는 좀 더 좋은 남편과 아버지가 되고 싶었을 뿐이었다. 하지만 그토록 평범하고 소박한 희망은 형 빈센트에게 절망적인 단절의 암시로 느껴지고 말았다. 빈센트가 마지막으로 우정을 나눌 친구로 여겼던 가셰마저 몇 달 만에 소원한 관계가 되면서, 이제 '소통의 불빛'은 어디에도 없는 것처럼 보였으리라.

〈밀 이삭〉
캔버스에 유채, 64×48cm, 1890, 반고흐미술관, 암스테르담

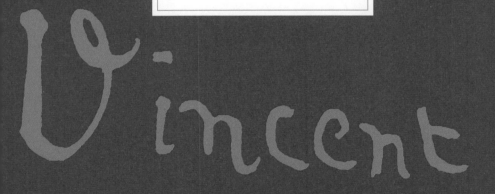

그저
나이기 때문에
사랑해주는 사람의
눈길

—

어린 시절 가장 소중한 체험은 무엇일까. 나는 조건 없는 사랑을 받아본 경험이라고 믿는다. 아무 예고 없이 내린 큰 비에 발을 동동 구르고 있을 때, 휴대전화도 없던 시절 내가 어디에 있는지 어떻게 알았는지 별일 아니라는 듯 무덤덤한 표정으로 다가와 우산을 내밀어주는 엄마의 손길. 도시락을 가져오지 않아 오늘 점심시간에는 어떻게 하지 가슴 졸일 때, 아무 말 없이 자신의 도시락을 내밀며 함께 먹자는 친구의 미소. 아무도 내 편을 들어주지 않을 것만 같을 때, 어떤 해명도 요구하지 않고 다만 가만히 다독여주는 동료의 눈빛. 내가 무언가를 잘해서가 아니라, 내가 어딘가 탁월해서가 아니라, 내가 그저 나이기 때문에 사랑해주는 사람의 눈길.

우리는 그 속에서 기적을 본다. 평화를 본다. 그리고 희망을 본다. 그런 조건 없는 사랑의 체험이야말로 어떤 칭찬이나 조기교육보다 아이를 성장시키는 힘이다.

네덜란드 누에넌 빈센트 동상

안타깝게도 내가 사랑하는 화가 빈센트는 그런 체험을 하지 못했다. 그가 부모에게 받은 사랑에는 늘 조건이 붙어 있었다. 말 잘 들으면 사랑해주마, 혼자서 놀지 않으면 사랑해줄게, 학교에서 말썽을 부리지 않으면 사랑해주마. 빈센트 부모의 사랑은 조건이 따르는 행위였다. 아이를 학대하지 않았지만 아이의 창조성을 긍정하지 않았고, 독특한 행동 패턴을 제대로 이해하려 노력하지도 않았다. '버려진 아이'라고 생각하도록 내버려둠으로써 빈센트를 정서적으로 고립시켰다.

특히 어머니 아나는 불행에 대한 결벽주의적 심성을 지닌 사람이었다. 그녀는 예측 불가능한 모든 것을 싫어했다. 여섯 아이들의 출산 시기조차 철저히 계획해두었기에 생일이 모두 3월에서 5월에 몰려 있을 정도였다. 심지어 빈센트와, 사산한 빈센트 형의 생일은 1년 차이로 같은 날이었다. 아나에게 인생은 언제 닥쳐올지 모른다 싶어 품게 되는 거대한 위험의 지뢰밭이었다. 뭔가 좋은 일이 일어날지 모른다 싶어 품게 되는 기대감보다 차라리 아무 일도 일어나지 않으리라 여길 때 생기는 안도감이 더욱 만족스러운 감정이었다.

하지만 어린 빈센트에게 인생은 어떤 모퉁이를 돌 때마다 새로운 비밀이 열리는 신비와 미궁의 세계였다. 다른 계급의 아이들과 어울리지 못하도록 집에서만 놀게 할 정도로, 아나는 좀처럼 자유를 주지 않았다. 다른 아이들이 대체로 순종적인 편이었지만 빈센트만은 달랐다. 큰아들 빈센트는 끊임없이 어머니가 주의 깊게 쌓아둔 금지의 벽을 뛰어넘었다.

누구에게도 사랑받지 못했던 빈센트의 어린 시절 이야기를 더듬다 보면, 가만히 어린 시절의 빈센트에게 다가가 붉은빛 머리카락을 쓰다듬어주고 싶은 충동을 느낀다. 빈센트의 전기나 자료를 아무리 살펴보아도 그가 온 동네의 천덕꾸러기 취급을 받을 정도로 심한 잘못을 한 것 같지는 않다. 친구들과 마음껏 뛰놀기보다 혼자 있기 좋아하는 내성적인 아이, 가끔 말 없이 사라져 한참 동안 자연을 관찰하다 오는 아이, 자기 의견을 뚜렷하게 말해 순종적인 느낌을 주지 않는 아이. 그런 아이가 사랑스러운 아이로 보이지 않을 수는 있지만, 열한 살 나이에 기숙학교에 버려지다시피 방치될 만큼 큰 잘못을 한 것은 아니었다.

기숙학교에서도 적응하지 못한 빈센트가 또 다른 학교로 옮기게 되었을 때, 모두 집으로 돌아가는 시간 그는 혼자 쓸쓸히 하숙집으로 터덜터덜 걸어가야 했다. 빈센트는 뼈아픈 고립감을 평생 잊지 못했다. 빈센트의 부모는 아이에게 기꺼이 교육비를 투자했지만 조건 없는 사랑을 주지는 않았다. 아이가 기숙학교에서 도망치다시피 돌아와 부모의 사랑을 간절히 갈구했을 때도 괜찮다, 포기하지 말라고 위로하며 용기를 주기보다 내 아들이 또 실패했다는 실망감을 숨기지 않았다. 햇살 같은 아이, 천사 같은 아이 테오가 없었더라면, 빈센트의 어린 시절은 완전한 암흑이었을지도 모른다. 빈센트는 여동생 리스에게 보낸 편지에 이렇게 썼다.

테오가 없었으면 나는 그림을 계속 그리지 못했을 거야. 친구 같은 테오가 있으니, 나는 점점 나아질 테고, 내 일도 점차 자리를 잡아갈 거라고 믿어. 되도록 빨리 남쪽으로 옮겨서 지내고 싶어. 남쪽은 색채도 햇빛도 훨씬 풍부한 곳이니까. 나는 진심으로 바라고 있어. 그곳에서 정말 좋은 초상화를 한 점이라도 그릴 수 있기를.

- 리스에게 쓴 편지

모두에게 천덕꾸러기였던 빈센트와는 달리, 테오는 누구나 귀여워하는 사랑스러운 아이였다. '아무도 나를 이해해주지 않는다'며 가족을 원망하는 다혈질의 빈센트와 '아들을 정신병원에 보내야 한다'며 팽팽하게 맞서는 냉혹한 부모 사이에서 테오는 지혜롭게 중재자 역할을 했다. 빈센트가 뛰어난 재능을 가졌음을 알았기 때문이 아니다. 테오는 단지 형제로서, 친구로서, 인생의 동반자로서 빈센트를 사랑했다.

빈센트의 부모가 테오처럼 조건 없는 사랑을 베풀었다면, 평생 잘못된 자리에 있는 듯한 이질감을 빈센트가 느끼지 않았을 것 같다. 하지만 그들은 아들의 작품 세계를 이해하지 못했다. 심지어 아들이 죽은 뒤 사람들에게 인정을 받았음에도 '내 아들 빈센트는 잘못된 길을 걸어갔다'고 생각했던 요지부동의 어머니 아나. 어쩌면 빈센트에게는 누군가에게 진심 어린 사랑을 받는 것이 위대한 예술 작품을 창조하는 것보다 더 어려운 일이 아니었을까 싶다.

벨기에 보리나주 고흐 작업실의 책상

누군가 나를
완전히
받아들인다는 것

—

어린 빈센트가 집을 떠난 첫 번째 계기가 기숙사 생활이었다면, 두 번째 계기는 구필상사의 헤이그지점에 입사한 것이었다. 빈센트는 열여섯 살의 어린 나이로 구필상사 헤이그지점의 최연소 직원이 되었다. 기숙사 생활에서 연이어 좌절을 맛보았던 빈센트에게는 진정한 독립의 기회였다. 미술품 거래로 명성이 높은 구필상사는 유행을 선도하는 명실상부한 그림 백화점이었는데, 빈센트는 자신과 이름이 같은 삼촌의 권유로 입사할 수 있었다. 빈센트의 아버지 테오도뤼스가 지극히 정적이고 금욕적인 생활을 추구한 반면, 빈센트 삼촌은 해외여행을 좋아하고 활달했으며 미술품 거래로 엄청난 부를 축적한 사람이었다. 런던, 파리, 헤이그에도 지점을 거느리고 있었던 구필상사는 빈센트에게 새로운 삶의 목표가 되었고, 빈센트의 부모 역시 학교에 제대로 적응하지 못한 큰아들이 그곳에서 성공하기를 빌었을 것이다.

전형적인 농촌 마을이었던 준데르트와 달리 헤이그는 휘황찬란한 대도시였다. 구필상사에 입사한 지 3년이 되었을 때 빈센트는 브라반트의 오이스터베이크에서 통학하던 동생 테오에게 처음으로 편지를 썼다. 테오가 먼저 쓴 편지에 빈센트가 답장한 날짜는 1872년 8월 18일이었다. 오랫동안 떨어져 지내던 두 사람이 만나 산책하던 추억을 되새기는 정감 어린 편지였다.

> 테오야, 편지 고마워. 네가 잘 도착했다니 안심이다. 며칠 동안 네가
> 참 그립더구나. 그날 오후 집으로 돌아왔을 때 네가 없으니 무척 허전
> 했어. 우리 함께 정말 즐거웠지? 비를 맞아가면서 여기저기 구경하고,
> 산책도 했잖니.
>
> – 테오에게 쓴 편지

이때만 해도 빈센트는 자신이 자립할 수 있다고 믿었기에, 이후 두 사람 사이에서 빚어진 절박한 생존 문제를 둘러싼 긴장감은 아직 보이지 않았다. 다정함이 듬뿍 묻어나는 이 편지는 빈센트와 테오 사이에 평생 변치 않던 우정과 신뢰의 씨앗이 된다. 그런데 나를 멈춰 세우게 한 것은 생각지도 못했던 하나의 무덤이었다. 빈센트 반 고흐의 무덤은 오베르쉬르우아즈에 있는데, 준데르트에 빈센트 반 고흐의 무덤이 하나 더 있는 것이었다. 뒷머리가 쭈뼛 서는 느낌이었다. 보는 순간 '아차' 싶었다. 빈센트와 이름이 똑같은, 사산아로 태어난 형, 빈센트 부모의 첫 아들 무덤인 것이다. 네덜란드에서는 사산아에게도 무덤을 만들어

주는 것이 가문의 자부심을 확인하는 문화로 자리 잡았다고 한다. 말하자면 당대에는 최신 유행의 장례 문화였다. 그전에는 사산아나 갓난아기는 장례식조차 치르지 않았다.

자부심 가득한 신교도 목사 부부에게는 비록 사산아일지라도 엄연히 우리의 큰아들이라는 생각이 확고했다. 공교롭게도 이 아이가 태어나자마자 죽은 날과 똑같은 날짜에 빈센트는 태어났다. 태어날 때부터 형의 죽음이라는 상처가 그의 이름과 생일에 낙인처럼 찍혀버린 것일까. 준데르트의 공립학교에서 적응하지 못해 자퇴한 빈센트는 겨우 열한 살에 기숙학교에 버려지다시피 방치되었다. 빈센트 인생에서 영원히 지워지지 않는 원체험(原體驗, 기억에 오래 남아 어떤 식으로든 구애받게 되는 어린 시절의 체험)은 바로 부모님이 자신을 기숙학교에 남겨둔 채 멀리 노란 마차를 타고 사라져가는 모습이었다.

가족 누구도 빈센트를 제대로 이해하지 못했지만, 누구보다 다정다감하고 쾌활한 아이, 우울한 빈센트 집안의 햇살 같은 아이였던 테오만이 형을 따르고 떠받들었다. 준데르트는 빈센트에게 세상과 섞일 수도, 가족과 섞일 수도 없다는 좌절감을 안겨주었지만, 테오와 함께 들판을 뛰어다니던 추억이 있는 곳, 테오와 함께 모래성을 만들고 교회나 응접실에서 노래를 부르고, 다락방에서 둘만의 이야기를 나누며 우애를 키우던 장소이기도 했다. 사람들은 누구에게도 이해받지 못하는 빈센트를 최고의 영웅으로 대접하는 테오를 두고 형을 숭배한다고 놀려댔지만, 동생은 형의 물감과 캔버스 구입비는 물론 생활비와 병원비까지 지급하면서도 형을 존경하는 마음을 결코 잃지 않았다.

빈센트의 편지 초반부는 늘 마음을 졸이며 읽게 된다. 빈센트와 아버지 사이가 늘 바람 앞의 촛불처럼 위태로운 상황이기 때문이다. 아버지는 원리 원칙에만 충실할 뿐 예술의 열정이나 예측 불가능한 삶에는 전혀 마음을 주지 않는 사람이었다. 아버지는 목회자의 길을 포기하고 어려운 화가의 길을 택한 아들을 평생 이해하지 못했다. 아들은 자신을 정신병원에 집어넣겠다고 소리 지르는 아버지를 좋아할 수 없는 일이었다. 빈센트는 남들보다 예민하고 열정적인 감수성을 타고나긴 했지만 절대 미치지 않았다.

습작기의 빈센트는 오직 주변의 사랑과 이해가 간절히 필요한 열혈 청년일 뿐이었다. 빈센트는 동생이 자신을 불량한 건달로 볼까 걱정하는가 하면 동생이 아버지의 편을 들까 마음 졸이기도 한다. 그는 거대한 편견의 감옥에 갇혀 있다는 느낌에 사로잡혔다. 그가 간절히 원한 것은 사람과 사람 사이에 흐르는 따뜻한 '정'이었다. 예술가에게 공동생활이 결코 쉽지 않음을 알면서도 자신이 꾸민 아를의 노란 집으로 고갱을 초대하고, 예술가들의 협동조합을 만들어 창작의 고통을 나누고 작품 유통의 불합리를 개선하기 위해 노력했다. 그토록 '정'에 굶주렸기 때문일 것이다.

완강하고 엄격한 부모는 천재적인 아들을 결코 이해하지 못했지만, 테오만은 형의 광기 어린 집념과 불같은 열정을 이해했다. 빈센트의 그림이 잉태하는 경이로운 생각의 우주를, 테오만은 이해했다. 테오

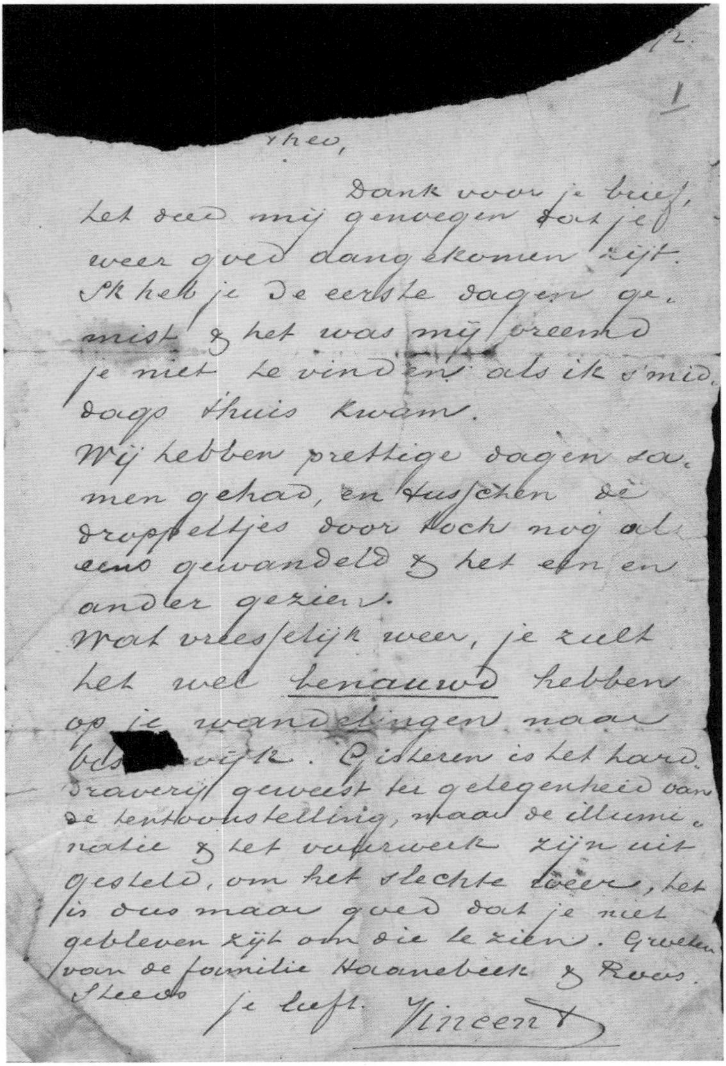

12.

1

Theo,

Dank voor je brief,
het deed mij genoegen dat je
weer goed aangekomen zijt.
Ik heb je de eerste dagen ge-
mist & het was mij vreemd
je niet te vinden als ik 's mid-
dags thuis kwam.
Wij hebben prettige dagen sa-
men gehad, en tusschen de
droppeltjes door toch nog al
eens gewandeld & het een en
ander gezien.
Wat vreeselijk weer, je zult
het wel benaauwd hebben
op je wandelingen naar
Ois[illegible]wijk. Gisteren is het hard-
draverij geweest ter gelegenheid van
de tentoonstelling, maar de illumi-
natie & het vuurwerk zijn uit-
gesteld, om het slechte weer, het
is dus maar goed dat je niet
gebleven zijt om die te zien. Groeten
van de familie Haanebeek & Roos.
Steeds je liefh.
Vincent

1872년 9월 29일 빈센트가 테오에게 쓴 편지(반고흐미술관, 암스테르담)

네덜란드 준데르트 반 고흐 광장의 빈센트와 테오 동상

는 천 통에 가까운 방대한 편지를 통해 형의 고뇌를 속속들이 알았다. 빈센트의 편지가 없었다면, 테오의 다함없는 애정과 헌신이 없었다면, 우리는 과연 이 아름다운 그림들을 감상할 수 있었을까. 가눌 수 없는 열정과 광기 때문에 세상과 소통하는 데 실패한 빈센트를, 지치지 않고 가족과 세상으로 이끌었던 사려 깊은 존재.

준데르트에서 테오와 빈센트가 어깨동무를 하고 있는 아름다운 조각상을 맞닥뜨리자, 저릿한 아픔이 가슴을 파고들기 시작했다. 두 사람은 이렇게 죽어서도 '영원히 함께'였다. 이제야 알 것 같다. 누군가 나를 완전히 받아들인다는 것, 미주알고주알 다 알아서가 아니라 사랑하기 때문에 무엇이든 이해해줄 준비가 돼 있다는 것이 무엇인지를. 이렇게 죽어서도 영원히 함께할 누군가를 찾았다는 것만으로도 빈센트는 위대한 삶의 주인공임을, 나는 이곳 준데르트에서 생생히 느낄 수 있었다.

소설을
읽지 않고
그 누구의 얼굴도
그릴 수 없다

—

빈센트의 부모는 아들에게 '조건 없는 무한 사랑'
의 따스함을 가르쳐주진 못했지만, 다방면에 걸친 교육에는 투자를 아
끼지 않았다. 그중에서도 빈센트에게 가장 긍정적인 영향을 끼친 것이
바로 '독서하는 습관'이다. 가족은 저녁마다 모여 함께 소리 내어 책을
읽었다. 밖에 나가 뛰노는 것을 좀처럼 허락받지 못했던 빈센트네 아이
들은 외딴섬처럼 고립되어 있었지만 대신 집 안을 가득 채운 책을 통해
자유로운 상상의 바다를 헤엄칠 수 있었다. 빈센트의 부모는 서로에게
혹은 아이들에게 책을 읽어주면서 저녁 시간을 보내곤 했다.

빈센트는 동생들에게 책을 읽어주었다. 아이들은 온갖 감정을 듬
뿍 실어 때로는 연기하듯 때로는 연설하듯 낭독하는 서로의 목소리를
들으며 자라났고, 성인이 되어 서로에게 편지를 하면서 자연스럽게 '요
즘 읽는 책' 이야기를 하게 되었다. 테오에게 쓴 빈센트의 편지에는 유
난히 독서 이야기가 많이 나온다. 빈센트는 자신이 읽은 책을 테오가

〈프랑스 소설 더미〉
캔버스에 유채, 54.4×73.6cm, 1887, 반고흐미술관, 암스테르담

읽기를 바랐고, 자신이 사랑하는 책에 테오도 감동하면 더 커다란 기쁨을 느꼈다.

빈센트는 그림으로 자신의 마음을 표현하는 데 뛰어났듯이, 글로 자신을 표현하는 데도 뛰어났다. 빈센트의 그림이 이토록 오랫동안 사랑받는 데에는 빈센트가 테오에게 보낸 편지도 중요한 역할을 한다. 테오에게 보낸 편지를 다 묶으면 방대한 '서간체 소설'처럼 느껴질 정도로 빈센트는 자신의 일상과 생각을 글로 옮기는 데 뛰어났다.

성경은 항상 최고의 책으로 사랑받았지만, 빈센트는 다양한 세계 문학 작품을 닥치는 대로 읽었다. 특히 영국과 프랑스, 독일 문학에 깊은 감화를 받았다. 빈센트의 편지에서 렘브란트, 밀레, 들라크루아 못지않게 자주 등장하는 사람들이 바로 졸라, 셰익스피어, 디킨스다. 빈센트는 문학 작품을 읽으며 세상에 대한 풍부한 감성과 지식을 키웠고, 자신이 가지 않은 길에 대한 호기심과 타인의 고통에 공감하는 감수성을 길렀다.

빈센트는 셰익스피어에게서 인간 심리의 복잡 미묘함을 배웠고, 디킨스에게서 고통받는 노동자들의 삶을 배웠으며, 졸라에게서 농부들의 애환을 깨달았다. "우리는 졸라의 소설 《대지》와 《제르미날》을 읽은 사람들이잖아. 우리가 캔버스에 농부를 그린다면 그 소설들이 우리 몸의 일부가 되어 그림에 나타날 수 있다면 좋겠구나." 빈센트의 독서 편력은 말년까지 변함없이 지속된다. 인간관계가 끊임없이 변한 반면, 책은 변함없이 빈센트의 곁을 지켜준 죽마고우 노릇을 했다. 기억력이 비상했던 빈센트는 많은 시를 외우고 있었고, 시 한 편 한 편을 정성들여 필사하느라 오랜 시간을 보내기도 했다. 안데르센의 동화와 찰스 디킨스의 〈크리스마스 캐럴〉, 〈귀신 들린 남자〉는 그가 어른이 되어서도 애착을 느꼈던 이야기였다. 그는 자신이 읽고, 필사하고, 외우고, 소리 내어 읽었던 문학 작품이 그림 속에서 '생생한 이미지'로 살아나기를 바랐던 것 같다. 화가 베르나르에게 쓴 편지에서는 이렇게 재미있는 고백도 한다.

> 그래 맞아. 위스망스의 소설 《살림》에 등장하는 멋진 친구 시프리앵의 말이 생각나는군. 가장 아름다운 그림은 침대에 누워 담배를 피우면서 머릿속으로 그려보는 그림이 아닐까? 절대 실제로 그려본 적은 없는 상상의 그림 말이지.
>
> – 베르나르에게 쓴 편지

'머리'와 '손'이 따로 놀 수밖에 없는 그림 그리기의 어려움을 고백하고 있는 셈이다. 상상 속의 그림은 완벽하고 아름답지만, 막상 손으로 그림을 그리면 엄청난 장벽에 부딪히곤 했다. 때로 위대한 화가들의 그림은 '나도 과연 이런 작품을 그려낼 수 있을까' 하는 압박감을 주었지만, 그는 쉽게 포기하지 않았다. 한 번도 그려본 적이 없지만 오직 머릿속에서는 최고의 작품으로 빛나는 걸작을 그리기 위해 빈센트는 고군분투했다. 하루라도 그림을 그리지 못한 날은 안절부절못할 정도로,

빈센트는 엄청난 일중독자였다. 빈센트는 포기하지 않고 계속 그려야 한다고 말했다. "아무리 그래도 시작은 해야지. 말로는 다 표현할 수 없는 완벽한 아름다움, 인간을 압도하는 자연의 완벽한 아름다움 앞에서 아무리 무력감을 느낄지라도."

문학은 빈센트에게 끝없는 영감의 원천이 되어주었다. 빈센트는 기억력이 비상했다. 기억해둔 것을 글로 묘사하는 데도 뛰어났다. 빈센트가 편지에 쓴 수많은 인물과 작품, 역사적 사실과 유행 등은 여러 분야의 학자들에게 당대의 생활상을 이해하고 연구하는 데 큰 도움을 주고 있다. 테오와 빈센트가 파리에서 함께 살았던 기간 서로 편지를 주고받을 일이 없었기 때문에 기록이 남아 있지 않아 학자들의 탄식을 불러일으킬 정도다. 빈센트는 자신이 어떤 그림을 그리고 있는지, 또 그림이 어떤 색채와 질감으로 이루어졌는지를 묘사하는 데도 주저함이 없었다. 그는 아를에서 그린 카페의 내부를 이렇게 생생하게 묘사하고 있다.

나는 붉은 빛깔과 푸른 빛깔에 대한 사람들의 무서운 정열을 묘사하고 싶었어. 까페의 내부는 붉은 핏빛과 무거운 노란색이고, 초록빛 당구대가 한복판을 차지하고 있지. 샛노랗게 빛나는 전등 네 개가 주홍색과 푸른빛을 퍼뜨리고 있단다.

- 테오에게 쓴 편지

벨기에 보리나주 고흐 작업실의 책

그는 자신의 작품에 문학적 감수성을 자연스럽게 녹여냈을 뿐만 아니라, 일상에서도 문학적 비유를 자주 쓰곤 했다. 끔찍한 발작으로 괴로워하고 있을 때조차 테오와 자신의 관계를 '바리케이트 뒤편에서 총을 쏘는 병사의 몸짓'에 비유한다. 빈센트와 테오는 서로 사랑했지만 '화가'와 '화상'의 입장에서 서로를 바라볼 때는 바리케이트를 사이에 둔 병사들처럼 서로 '적'이 될 수밖에 없었기 때문이다. 빈센트는 테오에게 끊임없이 '이 소설을 읽어봐, 이 시집을 읽어봐' 하고 책을 추천하기도 한다.

그렇게 멀리서 따로, 또 같이 읽은 소설을 예로 들어 편지를 쓰면, 두 사람은 구구절절한 설명 없이도, '아, 그때 그 장면!' 하고 떠올릴 수 있었다. 그는 화가들이 소설을 잘 읽지 않는 것에 대해서도 '이해할 수 없다'는 반응을 보였다. "문학에 대한 감수성이 없이 어떻게 인물화를 그릴 수 있는지 이해할 수가 없어."

그는 화가 라파르트에게 보낸 편지에 이렇게 적었다. "문학에 대한 어떤 감흥도 없이 어떻게 인물화가가 될 수 있는지 이해할 수가 없다네. 어떤 화가들의 화실에는 현대 문학 작품들이 전혀 없더군." 빈센트는 위고의 《레미제라블》을 반복해 읽으면서 많은 인물을 하나같이 '다르게' 묘사한 감칠맛 나는 묘사력에 감탄했다. 위고의 작품을 읽을 때마다 그는 '진정 살아 있는 느낌'을 받았다. 비참하고 고통스러운 상황에 빠진 인간에 대한 애착과 연민 또한 위고의 작품을 통해 배운 감수성이었다.

아버지가 세상을 떠난 후 빈센트가 그린 〈성경이 있는 정물〉은 빈센트의 정신세계를 투명하게 드러낸다. 아버지의 성경 대 빈센트의 소설. 언뜻 아버지의 세계를 뛰어넘으려는 아들의 열망이 투영된 '오이디푸스적 대립'이 드러난 그림으로 보이기도 한다. '거대하고 육중한 아버지의 성경'이 흐릿하고 칙칙한 빛깔로 채색돼 있는 데 비해, 졸라의 소설은 산뜻하고 선명한 색채로 그려져 있다. 이 그림은 '아들 빈센트의 잠재적 승리'를 그린 것이 아닐까?

늘 부모의 사랑을 받으려 분투했지만 끝내 얻지는 못했다. 그럼에도 불구하고 빈센트는 마침내 '자기만의 세계'를 찾은 것이다. 부모의 사랑으로 조형된 '장남 빈센트'가 아니라 창조와 예술의 세계를 향한 갈망으로 채워진 '예술가 빈센트'의 열정이 그림 속에서 꿈틀거리고 있다. 세로로 펼쳐져 위쪽을 향하고 있는 성경에 비해 가로로 바닥에 깔려 있는 소설은 '천상의 가치'와 대립하는 '지상의 가치'로 보이기도 한다. 천상의 이상적인 믿음을 지향하기보다 지상의 울퉁불퉁한 현실을 받아들이겠다는 빈센트의 무의식적 열망을 그린 것이 아닐까?

〈성경이 있는 정물〉
캔버스에 유채, 65.7×78.5cm, 1885, 반고흐미술관, 암스테르담

언제나
지독한 외로움 속에서
살았다

——

빈센트의 첫 직장 구필상사는 빈센트의 꿈이 자라난 곳이자 빈센트의 꿈이 좌절된 곳이다. 빈센트는 이곳에서 미술 작품을 보는 안목을 키웠고 그림을 그리고 싶다는 꿈을 키웠다. 어린 시절부터 반드시 경제적으로 독립해야 한다는 부담감을 가졌던 빈센트는 채 스무 살이 되기도 전에 떠밀리다시피 부모님 곁을 떠났지만, 사회생활을 원만하게 해내지 못한다. 빈센트의 꿈은 프랑스의 소설가 공쿠르 형제처럼, 사랑하는 동생 테오와 멋진 파트너가 되어 살아가는 것이었다. 그러나 빈센트는 미술품 거래를 하는 일은 도중에 그만두었고 동생과 함께 화가가 되고 싶은 꿈 또한 이룰 수 없었다. 빈센트의 부모는 테오와 빈센트가 모든 일을 함께하는 것을 원하지 않았다. 어쩌면 테오가 '빈센트처럼' 되지 않기를 바랐는지도 모른다. 그들은 테오가 빈센트보다 현실적이고, 유능하며, 모든 면에서 완벽한 인간이 되어주기를 바랐다.

부모의 과도한 기대로 인해 상처 입은 것은 큰아들 빈센트뿐만이 아니었다. 부모님의 기대를 만족시키기 위해 겨우 열다섯 살에 생계 전선에 나선 테오. 테오를 어린 나이에 외국의 대도시 브뤼셀에 보낸 부모의 결정에 빈센트도 적잖이 놀랐다. 제 앞가림도 잘 못하고 제멋대로 행동한다는 소리를 들은 빈센트와 달리 테오는 예의 바르고 사교적이며 유능하다는 평가를 받으며 주변의 기대를 한 몸에 받았던 막내였다. 빈센트의 어머니는 테오를 믿었고 빈센트를 깎아내리는 말을 서슴지 않았다. "빈센트에 비하면 테오 너는 정말 잘 해내고 있구나."

하지만 빈센트는 포기하지 않았다. 쉽게 포기하지 않고 거의 쉴 틈 없이 완벽하게 자기 일에 몰입하는 것은 부모님이 물려준 유산이기도 했다. 가톨릭 신자들로 가득했던 준데르트에서 처음으로 개신교 목사로 부임했던 아버지는 물론, 지칠 줄 모르고 시계처럼 정확한 리듬으로 자기 삶을 계획했던 어머니는 빈센트의 열정적인 삶과 자유로운 상상력을 이해하지 못했지만, 그 대신 끊임없는 노력과 성실함의 가치를 물려주었다. 아직 화가가 될 거라는 확신이 없었던 시절 빈센트는 구필상사에 분명 애정을 가지고 있었다. 빈센트는 테오에게 보낸 편지에서 이렇게 쓴다. "구필상사는 진짜 훌륭한 곳이란다. 일하면 일할수록, 더 커다란 야망이 생기지."

빈센트가 미술품 거래로 이름 높았던 구필상사에서 인정받았더라면 어쩌면 화가가 되지 않았을지도 모른다. 빈센트는 분명 이 시기에는 미술품 거래상으로 성공하고자 하는 야망이 있었고 테오와 가깝게 지내고 싶어 했다. 하지만 알 수 없는 이유로 런던으로 발령을 받고 가족과 더 멀리 떨어져 외따로 지내야 했다. 빈센트의 어색한 태도와 수줍은 몸짓은 주변 사람들에게 부담을 주었지만 미술품 목록에 대한 빈센트의 방대한 지식과 놀라운 기억력은 회사로서는 포기할 수 없는 지적 자산이었다. 빈센트의 런던 발령은 회사가 내린 최선의 결정이었지만 외로움을 잘 타고 누군가 대화할 사람이 필요했던 빈센트에게는 가혹한 처사였다. 네덜란드어도 불어도 통하지 않는 낯선 나라 영국에서 아직 어린 빈센트가 의지할 곳은 전혀 없었다. 당시 빈센트는 하숙집 딸을 짝사랑하여 열렬한 구애를 했지만, 이미 다른 사람을 마음에 두고 있던 그녀에게 빈센트의 갑작스러운 고백과 적극적인 애정 공세는 부담이 되었을 뿐이다.

생가부터 빈센트의 무덤까지, 빈센트가 지나쳐온 발자취를 더듬어가면서 가장 안타까웠던 것은 그가 언제나 지독한 외로움 속에서 살았다는 점이다. 그는 테오와 잠시 함께 살았던 파리에서조차 외로움을 느꼈다. 여성을 향한 애정 공세는 늘 비극적인 짝사랑으로 끝났고, 시엔과 잠시 동거하기도 했지만 부모님의 반대로 오래가지 못했다. 자신을 한 번도 적극적으로 응원해주지 않는 부모들이야말로 빈센트를 가장 외롭게 한 사람들이었다. 그들은 왜 그토록 자신들의 장남 빈센트를 믿지 못했을까.

빈센트의 생가가 있는 준데르트에서 가이드 투어를 하던 한 할아버지는 내게 이렇게 말해주셨다. "어린 시절 빈센트네 아이들은 거의 집에서만 놀아야 했어요. 이 마을에서 빈센트네 가족만 신교도였거든

요." 어쩌면 이러한 고립감이 그들을 낯선 사람들에 대한 공포로 몰아넣었는지도 모른다. 하지만 선교를 목적으로 낯선 마을에 이주한 신교도 목사가, 그것도 나중에는 꽤 성공한 목사가 된 빈센트의 아버지가 좀 더 너른 마음으로 아들의 개성과 열정을 포용해줄 수는 없었을까? 그랬다면 빈센트의 인생은 달라지지 않았을까 하는 아쉬움이 여전히 남는다.

　끝내 부모와 화해하지 못했지만, 그럼에도 빈센트는 테오에게 보낸 편지 곳곳에서 '부모님을 사랑한다'고 고백한다. 아들을 정신병원에 집어넣어야만 한다고 폭언을 하는 아버지였지만, 빈센트는 언젠가는 아버지의 인정을 받을 수 있으리라 믿었다. 하지만 아버지는 끝내 빈센트를 믿지 못한 채 세상을 떠났다.

〈신발〉
캔버스에 유채, 38.1×45.3cm, 1886
반고흐미술관, 암스테르담

프랑스 오베르쉬르우아즈 빈센트 무덤에 놓인 편지

꺾이지 않는
자존심과
터져 나오는
분노

—

고갱이 아내에게 보낸 편지에 "그림은 나의 자본이지만 이 세상은 아직 이 자본의 가치를 평가해주지 않고 있소"라고 털어놓았듯 빈센트도 테오에게 예술과 생존 사이 힘겨운 줄다리기에서 오는 피로를 고백한다. 그림은 빈센트의 유일한 자본이었지만 제대로 상품화되지 않았다. 빈센트의 그림을 가장 먼저 격찬해주었던 평론가 오리에에 대해서도 빈센트는 편안한 감정을 느끼지 못했다. 테오에게 보낸 편지에서 남이 자신의 그림에 대해 왈가왈부하는 것을 듣는 일의 괴로움을 토로한다. "제발 오리에에게 내 그림에 대해서 더는 글을 쓰지 말라고 해줘. 처음부터 오리에가 내 그림에 대해 잘못 생각하고 있다는 사실을 알려줘야 해." 오리에는 빈센트의 그림을 격찬했지만, 빈센트는 그의 칭찬이 자신의 그림과 들어맞지 않는다고 생각했다.

남들이 혹평을 하든 호평을 하든 빈센트는 매번 상처받았고, 이런 마음을 너무 격정적으로 표현했기 때문에 그림에 대한 대화는 자주 심한 말다툼으로 끝났다. 파리에서 테오와 함께 살 때는 여러 사람과 말다툼이 자주 일어났고 테오의 집으로 찾아오던 손님들이 빈센트 때문에 발길을 끊었기에, 그토록 형을 사랑하던 테오조차 형이 그만 떠나주길 바랄 정도였다. 열악한 상황에서 오직 작업에 매진하기란 힘든 일이었지만, 자신의 그림에 대한 남들의 이야기를 들을 때 오히려 더 고통스럽다고 빈센트는 호소하곤 했다.

살아 있을 때 눈부신 성공을 거둔 모네와 피카소 같은 행운아는 극소수였다. 빈센트가 화가들의 공동체를 꿈꾼 것은 자신뿐만 아니라 예술가들이 각자도생을 넘어 상생의 예술 활동을 펼쳐야 한다고 믿었기 때문이다. 무엇보다 고갱에게는 후원자가 절실했는데 빈센트가 선을 이어준 셈이었다. 빈센트는 테오에게 고갱의 그림을 극찬했고 테오가 고갱의 그림이 지닌 가치를 알아봄으로써 고갱과 빈센트가 함께할 수 있게 되었던 것이다.

하지만 두 사람의 공동생활은 의기투합의 결실이라기보다 빈센트의 일방적인 애정과 고갱의 계산속이 동상이몽을 이루고 있는 형국이었다. 빈센트는 고갱의 그림과 과시욕 강한 그의 성격까지 좋아하고 있었지만, 고갱의 진짜 관심사는 빈센트가 아닌 테오였다. 아를에서 빈센트와 함께 그린 그림들을 후한 값에 사들이겠다는 테오의 제안에 솔깃했던 것이다. 물론 테오로 하여금 그런 제안을 하게 만든 것은 빈센트였다. 빈센트 쪽에서 보면 '예술가들의 이상적인 공동체'를 시작하는 첫발걸음이었지만, 고갱 입장에서는 당장의 생활고를 해결하고 후원자도

얻을 수 있는 방편이 바로 빈센트와 공동 작업을 하는 것이었다.

하지만 안타깝게도 빈센트는 고갱의 이런 속내를 전혀 눈치채지 못했고, 예술에 대해 마음껏 토론하고, 같은 대상을 함께 그리며, 진정한 우정을 쌓아가는 장밋빛 나날에 대한 기대에 부풀어올라 아를의 '노란 집'을 아름답게 꾸미느라 정신이 없었다. 바로 이런 터무니없는 순진함이 사회생활에 방해가 되었지만 창조성에는 커다란 도움이 되었다. 빈센트가 그린 고갱의 의자를 보면, 그림의 대상을 단순히 재현하는 데 그치지 않고 '재창조'하는 탁월한 감식안에 놀라게 된다. 평범한 의자가 이토록 훌륭한 오브제가 되다니, 사물을 마치 인격을 가진 주체처럼 화면의 주인공으로 만드는 마법이 살아 숨쉬고 있는 것이다.

빈센트는 이렇듯 모든 것을 의인화하는 재능이 뛰어났다. 고갱의 의자를 그릴 때 마치 고갱의 초상화를 그리는 것처럼 의자에 고갱의 꿈틀거리는 표정과 화필을 담아내고, 구두를 그릴 때는 마치 구두 주인이 살아온 세월을 신발 한 켤레에 압축한 것처럼 생명과 인격을 불어넣었다. 고갱의 의자를 그린 작품을 보면 빈센트가 고갱과 함께하는 삶에 얼마나 큰 기대감을 품고 있었는지 생생히 느낄 수 있다. 의자는 마치 살아 있는 생명체처럼 숨을 쉬고 있는 듯하다. 빈센트는 타인과 함께하는 삶에 서툴렀지만, 잠깐이나마 타인과 함께 살 수 있다는 희망이 있을 때마다 훌륭한 작품을 그려냈다.

빈센트가 사회생활에 서툴렀던 결정적인 이유 중 하나는 자신의 분노나 격정을 숨기는 법을 몰랐기 때문이다. 신학 공부에 열심이던 시

〈폴 고갱의 의자〉
캔버스에 유채, 90.5×72.7cm, 1888, 반고흐미술관, 암스테르담

절 빈센트는 주변 사람들에게 '복종의 의미가 무엇인지 모른다'는 평가를 받았다. 규칙에 순응하고 윗사람에게 복종하는 것을 당연시하는 다른 학생들과 달리 빈센트는 언제나 자유를 갈망했고, 때로는 많은 사람 앞에서 흥분하거나 분노하는 모습을 숨기지 못했다. 교사들은 빈센트의 꺾이지 않는 자존심, 돌발적으로 터져 나오는 분노에 불편해했고, 빈센트의 이런 성격이 선교사가 되기에는 적합하지 않다고 판단했다.

하지만 신학도일 때는 치명적인 단점이던 이런 성격이 예술가일 때는 눈부신 장점으로 변모한다. 그는 유행에 타협하지 않았으며 누구의 논평에도 순응하지 않았고 어떤 학파나 예술사조로부터도 거리를 둘 수 있었다. 누구와도 진정으로 함께할 수 없어 깊은 외로움을 느꼈지만, 쓰라린 외로움 속에서 자신만의 창조성을 차츰차츰 꽃피우고 있었던 것이다. 그는 테오에게 보낸 편지에 이렇게 적었다. 이 편지에는 활기와 열정이 넘친다.

화가는 자기 자신과 싸워 이겨내서 더욱 완벽한 자아가 되어야 하고, 에너지를 재충전해야 하고, 경제적 어려움 따위는 극복해가야 해.

– 테오에게 쓴 편지

다른 화가와
유행으로부터
자유롭게

—

빈센트와 테오는 우애 깊은 형제였지만 꽤 자주 갈등했다. 형이 좀 더 성공적인 예술가의 길을 걷기 바라며 아낌없이 지원했던 테오와 달리, 빈센트는 호기심을 자극하는 대상을 발견하면 망설임 없이 돌진하는 스타일이었기 때문이다. 빈센트가 안트베르펜에 이어 파리에 머물렀던 시절은 형제의 갈등이 폭발하던 시기였다. 안트베르펜에서 본격적으로 미술을 공부하기 위해 예술학교에 다니기 시작했는데, 이 시기 빈센트는 '내 그림을 누구에게도 이해받을 수 없다'는 생각을 굳히게 되었다. 한참 색채에 대한 관심이 생기고, 번거로운 가필 없이도 한 번에 그릴 수 있다는 이상에 사로잡힌 시기였기에 다른 사람에게 그림을 배우기란 쉽지 않은 일이었다. 훌륭한 미술 선생님에게 차분히 그림을 배워보리라 결심하고 찾아갔던 미술학교에서 빈센트는 여러 번 상처를 받는다. 물감이 뚝뚝 흘러내리는 빈센트 특유의 즉흥적인 그림은 아카데미 미술다운 차분함이나 섬세함과는 거리가 멀었고, 순간적인 직관이 흘러넘치는 빈센트의 그림을 보고 학생들은 물론 교사들도 당황했기 때문이다.

안트베르펜 미술학교 원장이었던 베를레는 빈센트가 그린 유화 작품을 보고 당황스러운 기색을 숨기지 못하고 이렇게 말했다고 한다. 이런 엉터리 작품은 도저히 고쳐줄 수 없으니 빨리 소묘반이나 가보라고. 얼굴이 새빨갛게 달아오른 빈센트는 수치심을 참지 못하고 교실 밖으로 뛰쳐나왔다. 하지만 그런 와중에도 베를레의 조언을 받아들여 소묘 수업에 등록했다. 하지만 석고상 하나를 그리는 데 최소한 열여섯 시간을 투자하는 수업 방침을 따를 수 없었다. 기계처럼 정확한 석고상 소묘에 도무지 재능을 보일 수 없었던 것이다. 소묘를 가르치는 교사 또한 갑자기 폭탄처럼 떨어진 '길들이기 어려운 학생 빈센트'를 어찌할 줄 몰라 만나기만 하면 서로 얼굴을 붉혔다. 소묘반에서는 작품 한 점을 끝내는 데 일주일을 주었지만, 빈센트는 몇 시간 안 되어 여러 점을 그려냈으므로 소묘반은 술렁이기 시작했다. 작업이 잘 안 되면 신중하게 고치기보다 바로 확 찢어버리거나 뒤로 던져버리는 빈센트의 충동적인 모습에도 학생들은 충격을 받았다.

그리는 그림마다 악평을 받고, 동료 학생들과도 좋은 관계를 맺지 못하자 빈센트는 점점 실의에 빠진다. 안트베르펜 생활이 점점 파국으로 치달을 무렵, 빈센트는 중대한 결심을 한다. 외로움에 지쳐 더 이상 혼자 버틸 수 없다고 생각해 파리에 가서 테오와 함께 살자는 결정을 내린 것이다. 문제는 빈센트가 테오의 허락을 받지 않고 무작정 파리로 쳐들어가다시피 했다는 것이다. 충분한 상의도 없이 충동적으로 내린 빈센트의 결정에 테오는 당황스러웠지만 결국 형을 받아주었다. 파리에서 테오와 함께 지내던 시절, 빈센트는 고갱을 만났고, 로트레크를 비롯한 수많은 화가와 친분을 맺었으며, 인상파 화가는 물론, 그들이 깊은 영향을 받은 일본의 그림에 관심을 가지게 되었다. 파리 체류 시절 빈센트의 그림은 유례없이 다채로운 색조로 물들게 되는데, 인상파와 일본 판화 우키요에의 영향 때문이다.

파리에서 빈센트는 루브르박물관에서 수많은 작품을 관람하고, 화가들을 만나 그림에 대해 이야기를 나누기도 했다. 모네, 르누아르, 쇠라 등 인상파 화가의 작품을 접했고, 고갱과 들라크루아의 그림에 매료되었다. 테오가 직접 개최한 인상파 화가 전시회에서 빈센트는 무명 화가였던 고갱을 처음 만났다. 강렬한 원색을 대담하게 쓰는 고갱의 화풍, 들라크루아의 자유롭고 과감한 색채 이론, 우키요에의 화사하면서도 다채로운 색조 등에 복합적으로 영향을 받은 빈센트의 파리 시절 그림을 한마디로 요약하면 '색채의 향연'이라 할 수 있다.

빈센트는 더욱 대담한 색채 선택과 과감한 붓놀림으로 자신의 스타일을 만들어갔다. 파리 시절의 대표작 〈탕기 영감의 초상〉에서 빨간색, 초록색, 파란색, 노란색 등 채도와 명도가 높은 원색을 자유자재로 구사했다. 빈센트는 '자연을 표현하는 색채'를 넘어 '화가의 마음을 표현하는 색채'를 탐구했다. 빈센트는 이 그림을 통해 자연의 색채가 아니라 내면에서 끓어오르는 격정을 표현하는 색채를 꿈꾸었다.

〈탕기 영감의 초상〉
캔버스에 유채, 92×75cm, 1887, 로댕미술관, 파리

파리에서 거둔 가장 큰 수확 중 하나는 밀레를 향한 집착에서 벗어났다는 것이다. 밀레는 빈센트의 출발점이었지만 종착역은 될 수 없었다. 빈센트는 도시 사람들의 다채로운 표정과 의상, 골목골목의 소담스러운 풍경, 파리에 체류하고 있는 화가들의 천태만상을 바라보면서 그림의 소재는 물론 색채와 구도가 무한히 확장되는 것을 느꼈을 것이다. 주로 인쇄된 그림을 통해 다른 화가들의 그림을 보아야 했던 과거와 달리, 화가들을 만나 그들의 아틀리에에서 그림을 직접 보았으며 다양한 전시회나 미술관에서 원작을 볼 수 있는 기회도 많았다. 그는 '다른 화가들에게 배운다'고 생각하면서도, '다른 화가들과 나는 어떻게 다른가'를 처음으로 확연하게 느꼈다.

　　이런 상황에서 빈센트는 큰 혼란을 느꼈지만 '내가 가야 할 길은 어디인가'를 구체적으로 상상해볼 수 있었다. 파리에서 빈센트는 밀레로부터의 자유, 농촌생활과 농민들로부터의 자유, 그리고 무엇보다 '나와 다른 화가나 유행으로부터의 자유'가 얼마나 중요한가를 깨닫기 시작했다. 대중의 요구나 유행에 따르지 않는 자신만의 예술세계를 구축하고 싶은 열망이 더욱더 강렬해진 것이다. '나'와 너무 다른 사람들 속에서 오히려 진정한 나만의 차이와 개별성을 발견한 것이다.

잃어버린
나 자신을
되찾아준
그곳

—

빈센트의 작업에는 물감이 많이 들어갈 수밖에
없었다. 빈센트가 테오에게 보낸 편지에서 가장 많이 쓰는 문장들 중
하나는 '물감이 부족하다'는 것이었고, 테오는 형이 물감을 좀 더 아끼
면서 가볍고 화사한 색채로 신중하게 그림을 그리기 바랐다. 캔버스에
물감을 살짝 입히기보다 마치 파이처럼 겹겹이 두껍게 얹어놓은 것 같
은 빈센트의 화법에는 많은 물감이 필요했다. 즉흥적으로 윤곽선을 그
리는 데다, 색상과 색상이 맞부딪혀 만들어낸 또 다른 색상을 발견하기
위해서는 물감을 아낄 수가 없었다.

　　빈센트에게 붓은 신중하고 섬세한 관찰 도구이기보다 열정적이고
충동적인 감수성을 표현하는 도구였다. 순간적인 빛의 변화, 감정의 변
화, 순간의 우연이 모여 새로운 색채를 낳았고, 야외 작업 중 불어오는
바람과 작열하는 햇살을 순간의 우연으로 즐기는 빈센트의 정신세계는
테오조차 이해하기 힘들었다. 진정한 창조성의 희열은 바로 그런 우연

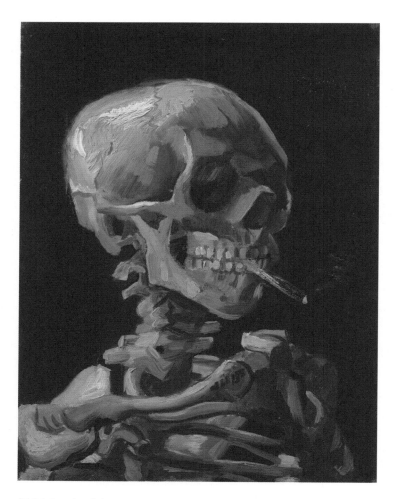

〈담배를 물고 있는 해골〉
캔버스에 유채, 32.3×24.8cm, 1886, 반고흐미술관, 암스테르담

과 충동에서 나온다고 빈센트는 생각했다.

빈센트는 폭풍 속의 고요, 슬픔 속의 기쁨, 고통 속의 행복을 추구하는 예술가였다. 그는 내면의 불안이 예술가의 창조성을 더욱 고양시킨다고 믿었기에 들라크루아처럼 열정적인 삶을 더욱 동경했다. "고결한 영혼을 지닌 화가가 미소를 띤 채 죽어갔다. 들라크루아의 머리에는 태양이, 가슴속에는 뇌우가 있었다." 빈센트가 그림을 그리는 모습은 마치 격정적인 안무처럼 보였을 것이다. 열정과 격정과 흐느낌이 분리되지 않는, 불타오르는 듯한 몸짓을 사람들은 이해하지 못했다. 자연이 선물하는 순간의 느낌에 충실했던 그는 '너무 빨리 그린다'는 비난을 받으면서도 '그 순간의 느낌이 식는 것'이 싫었다.

사람들은 내가 너무 빨리 그림을 그린다고 이야기하지. 그들의 말을 믿지 마. 감정은 자연을 바라보는 진솔한 느낌이고, 인간의 마음을 끌어당기는 무엇이잖아. 나는 가끔씩 감정이 너무 격렬해져 그림을 그리는지도 모르는 채로 그림을 그리곤 해.

– 테오에게 쓴 편지

〈담배를 물고 있는 해골〉은 빈센트의 파리 체류 시절의 걸작이다. 도시 생활은 그에게 많은 화가와 작품을 볼 수 있는 기회를 주었지만, 온몸이 타들어가는 듯한 불안을 안겨주었다. 이 그림은 마치 빈센트 자신의 자화상처럼 느껴진다. 술과 담배로도 온전히 달랠 수 없었던 창작의 불안, '행복한 인간이 되고 싶은 열망'과 '위대한 화가가 되고 싶은 열망' 사이에서 흔들렸던 예술가의 내면, 피와 살을 가진 인간으로서 타인의 체온을 그리워하지만 결국 혼자 남은 해골처럼 철저한 고독을 느낄 수밖에 없었던 빈센트의 마음이 느껴진다.

빈센트가 테오에게 허락도 받지 않은 채 무작정 파리에 갔던 것은 더 이상 견디기 힘든 외로움 때문이었지만, 그토록 아끼던 테오와 함께

〈생트마리 해안의 고깃배들〉
캔버스에 유채, 65×81.5cm, 1888, 반고흐미술관, 암스테르담

하던 시절도 행복하지는 않았다. 테오는 더 이상 꿈과 이상을 갈구하는 낭만적인 청년이 아니었고, 사업가로서 마주해야 할 현실을 잘 알았다. 파리 시절, 두 형제는 크게 다툰 적도 많았고, 빈센트가 다른 사람들과 언쟁하거나 심하게 싸우는 모습을 속수무책으로 바라봐야 했던 테오의 가슴에는 형에 대한 원망이 싹텄다.

빈센트는 결국 테오와 더 이상 함께 살지 못하고 파리를 떠나야 했다. 복잡한 도시의 삶 속에서 건강이 더 나빠지기도 했다. 그는 눈부신 자연의 색채를 좀 더 선명하게 느낄 수 있는 프로방스의 아를을 선택했다. 〈생트마리 해안의 고깃배들〉은 빈센트가 좋아했던 일본 판화의 영향이 느껴지는 그림이다. 바다를 향해 닻을 내리고 있는 고깃배들의 모습은 쓸쓸하면서도 잔잔한 희망을 담아내고 있다. 배들의 시선이 바다를 향하고 있으며, 언젠가는 바다를 향해 힘차게 나아갈 것임을 예고하는 느낌을 주기 때문이다.

야외 작업을 할 때 빈센트는 현장에서 마무리하기를 좋아했지만, 이 그림의 경우는 그럴 수 없었다고 한다. 빈센트가 그림을 그릴 틈도 없이 어부들은 매일 아침 일찍 배를 몰아 바다로 나갔기 때문이다. 빈센트는 할 수 없이 현장에서 빠른 속도로 배를 그리고, 나머지 부분은 집에 와서 완성해야 했다. 빈센트가 아를에 살던 시절, 생트마리 해안은 잠깐씩 소묘 여행을 떠나기 좋은 곳이었다. 지중해안의 생트마리는 빈센트가 바다와 배들, 어부들을 관찰할 수 있는 좋은 그림터였다. 또한 점점 나빠졌던 건강 때문에 잠시 바람을 쐬고 요양을 하러 가기에도 적당한 거리에 있었다. 바닷가의 작은 어촌 마을 생트마리는 바다를 향한 그리움과 넓은 세상을 향한 열정을 만족시켜주는 아름다운 장소였다.

파리를 떠나서도 빈센트는 변함없이 테오에게 편지를 보냈다. 그들의 사이가 가장 나빴을 때조차 편지만은 빈센트 형제의 아슬아슬한 인연을 이어주는 절박한 매개체가 되었다.

파리 사람들이 몽티셀리의 그림같이 진흙처럼 투박한 작품을 별로 좋아하지 않는다니, 그건 정말 잘못된 일이야. 그렇지만 절망하지 않으려고 해. 유토피아는 본래 실현되지 않는 것이니까. 내가 파리에서 배운 것을 '다 잊어버렸다'는 사실을 기억할 뿐이야. 인상주의자들을 알기 전부터 시골에서 생각하던 것으로 되돌아가려고 해. (……) 눈앞에 보이는 것을 정확히 묘사하기보다, 나를 강렬하게 표현하는 데 어울리는 색을 내 마음대로 쓰고 싶어.

―테오에게 쓴 편지

빈센트는 파리에서 마음고생을 한 뒤, '파리에서 배운 것들은 다 잊어버리겠다'고 마음먹는다. 유명한 화가들, 대단한 평론가들이 와글대는 파리에서 빈센트는 '세상이 어떤지'를 살피다가 '자신이 어떤지'를 잃어버리는 것 같았다. 그런 빈센트에게 아를은 '잃어버린 자기 자신'을 되찾는 장소가 되어주었던 것이다.

프랑스 아를의 밤 풍경

지난날의
집착과
부담으로로부터
벗어나

___

빈센트는 1888년에서 1890년까지, 꽃피는 아몬드나무 연작에 관심을 가진다. 아몬드꽃이 솜처럼 보송보송하게 움트면서 탐스럽게 피어나는 모습은 눈부신 희망과 소생의 상징으로 다가왔다. 그는 아몬드꽃이 피어나는 과정을 음미하고 그림으로 묘사하며 커다란 기쁨을 찾았다. 인상주의나 일본 판화의 영향이 있었지만, 빈센트는 그런 흐름 속에서도 자신만의 필치를 찾기 위해 노력했다. 빈센트가 그린 아몬드나무 중에서 가장 많이 알려진 그림은 테오의 아기가 태어난 것을 축하하는 마음으로 그린 〈꽃피는 아몬드나무〉다.

테오의 아기를 위해 큰 그림 하나를 가져와 피아노 위에 걸었다. 아몬드나무 흰 꽃이 활짝 핀 그림인데, 파란 하늘을 배경으로 가지들이 커다랗게 뻗어 있단다.

- 빌에게 쓴 편지

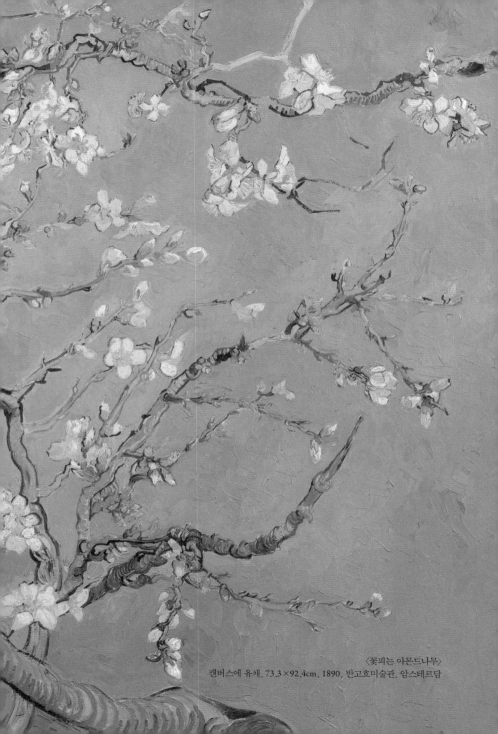

〈꽃피는 아몬드나무〉
캔버스에 유채, 73.3×92.4cm, 1890, 반고흐미술관, 암스테르담

〈분홍색 복숭아나무〉
캔버스에 유채, 80.9×60.2cm, 1888, 반고흐미술관, 암스테르담

아를과 생레미를 비롯한 프로방스의 여러 지역을 떠돌면서 빈센트는 '태양의 발견'이라 할 만한 시간을 보냈다. 그는 땡볕을 견디며 야외에서 작업하는 시간을 사랑했고, 쏟아지는 햇살 아래서 사람과 사물의 실루엣과 색채가 시시각각 변하는 모습을 면밀히 관찰했다. 찬란하게 빛나는 오후의 햇살은 디테일을 밀어내버리고 사물을 선명하게 단순화하는 힘이 있었다. 이것은 일본 판화의 단순하면서도 간명한 표현과도 일맥상통하는 현상이었다. 빈센트는 아를이 '남쪽의 일본'이라고 생각했다. 그는 프랑스의 남부, 프로방스에서 태양이 사물을 좀 더 선명하고 단순하고 평평하게 만드는 효과를 낸다고 생각했다. 남부의 작열하는 태양은 사물의 윤곽선을 더욱 강하게 드러내고, 다양한 색채의 스펙트럼을 단순하고 선명한 보색대비의 조합으로 보이게 했다.

빈센트가 1888년 아를에 도착했을 때 마침 꽃들은 만발하기 시작했다. 살구, 복숭아, 자두 등의 선명한 색채가 그를 사로잡았다. 빈센트는 붉은색과 초록색, 노란색과 파란색 등의 보색대비를 통해 더욱 강렬하게 내면의 빛을 드러내는 사물들을 그려내면서 깊은 희열을 느꼈다. 선연한 보색대비는 서로의 색채를 더욱 생생하게 빛내주었고, 빈센트는 이를 통해 색채의 아우라를 빚어내곤 했다. 그는 이 시기에 꽃과 열매를 집중적으로 그리면서 색채의 조합이 캔버스에서 만들어내는 효과를 깊이 탐구했다.

빈센트가 1888년 2월 아를에 도착했을 때, 아몬드나무 가지에서는 벌써 꽃송이가 피어나고 있었다. 그는 추운 날씨에도 불구하고 싱그럽

〈유리잔에서 꽃핀 아몬드 꽃〉
캔버스에 유채, 24.5×19.5cm, 1888, 반고흐미술관, 암스테르담

게 꽃송이를 피워 올린 나뭇가지를 컵에 담아 소품 한 점을 완성했다. 그것은 이른 봄의 설렘을 간직한 이미지였다. 아를에서 펼쳐질 삶에 대한 기대, 고갱과 함께할 나날들에 대한 꿈, 그리고 머지않아 찾아올 봄에 대한 설렘이 함께 담긴 이 그림에는 생동감과 활기가 가득하다. 꽃가지의 윤곽선은 베이지색 벽을 따라 그려진 붉은 선으로 인해 더욱 선명하게 강조된다. 이 그림은 매우 간결하고 캔버스의 크기도 작지만, 방 안을 꽉 채우는 꽃향기와 다가오는 봄의 싱그러운 기운이 보는 사람의 마음을 한가득 채우는 듯하다. 밝은 빨강으로 선연하게 새겨진 빈센트의 서명 또한 설렘과 희망의 기운을 전달하고 있다. 정물화 하나만으로도 자신의 속마음까지 절절하게 표현하는 빈센트의 붓 터치가 작은 그림 한 점에서도 충만하게 느껴진다. 빈 공간을 동양화의 여백처럼 과감하게 사용한 것 또한 이 그림을 더욱 돋보이게 만든다.

변화무쌍한 아를의 날씨 속에서 꽃들은 앞 다투어 피어나기 시작했다. 아를의 파란 하늘은 아몬드꽃의 새하얀 빛을 더욱 선명하게 해주었다. 이 그림에서는 어떤 깨달음의 경지가 느껴진다. 파리에서는 너무 많은 화가의 영향 속에서 괴로워하며 지나치게 자기분석적인 탐구로 고민했지만, 아를로 이주해 그린 이 그림에서는 눈부신 여유와 자연스러움이 한껏 느껴진다. 더 이상 세부 형태에 연연하지 않고, 싱그러운 꽃들의 피어남과 하늘의 높고 푸름을 자연스럽게 캔버스에 옮겨놓은 듯 그림 전체에서 편안함이 느껴진다. 테오의 아들이 태어나 불안해하면서도 가족으로서 '동생 테오의 아기가 태어난다'는 기쁨이 가슴 밑바닥을 환히 물들였음을 상상하게 만드는 그림이다.

이 그림에서 빈센트는 지난날의 여러 집착과 부담으로부터 자유로워지고 있다. 빛을 자유자재로 활용하면서 보색대비로 색을 강조해야 한다는 집착에서도 자유로워지고 있다. 이 그림을 가까이서 보면, 마치 아몬드꽃 송이가 관람객 쪽으로 서서히 뻗어 나오는 듯 생생한 부피감이 느껴진다. 꽃가지는 마치 사람들의 방문을 반기는 배우의 손짓처럼, 2차원의 그림을 3차원의 실물로 착각하게 만들면서 프레임 밖을 향해 빛을 뿜어낸다. 이 그림 속에서 아몬드꽃 송이는 마치 하늘 위를 둥둥 떠다니는 것처럼 자유롭게 보인다.

테오는 자신의 아기에게 '빈센트'라는 이름을 붙여줄 정도로 형을 사랑했다. 1890년 아들 빈센트가 태어났을 때 테오는 이 아기가 형처럼 참을성이 많고 용감한 사람이 되기를 소망했다. 테오는 빈센트에게 편지를 써서 아기의 이름을 '빈센트 빌렘 반 고흐'로 지었다고 알린다. '아기 빈센트'를 향한 축복과 감사의 의미를 담은 이 그림은 빈센트에게 새로운 삶으로 나아가는 희망의 상징이기도 했다.

과연 테오의 아들은 빈센트처럼 용감한 사람으로 성장했다. 삼촌 빈센트의 그림을 하나하나 팔면 엄청난 수익을 얻을 수 있었음에도 아버지로부터 물려받은 삼촌의 그림을 박물관에 기증했다. 현재 암스테르담 반고흐미술관에 소장된 세계 최고의 빈센트 반 고흐 컬렉션은 바로 용감한 조카 빈센트의 기증으로 인해 더욱 빛을 발하게 되었다.

1890년 2월 2일, 빈센트가 테오에게 보낸 편지에는 빈센트 자신도 그토록 가지고 싶어 했던 아기의 탄생을 기뻐하는 형의 따뜻한 마음이 가득 담겨 있다.

> 테오야, 방금 요하나가 가장 힘든 시간을 견뎌내고 마침내 아이를 낳
> 았다는 소식, 드디어 네가 아빠가 되었다는 반가운 소식을 들었다. 이
> 루 말할 수 없이 행복하고 기쁜 소식이야. 브라보! 어머니는 얼마나
> 기뻐하실지! (……) 요즘 내가 너를 얼마나 많이 생각했는지 몰라. 요하
> 나는 해산하기 전날 밤인데도 친절하게 내게 편지까지 써주었으니 얼
> 마나 고맙고 뭉클했는지. 요하나는 그렇게 힘든 순간에도 그토록 침
> 착하고 용감할 수 있다니, 정말 뭉클했단다. 내가 너무나 아팠던 지난
> 며칠의 시간조차 잊을 수 있었어.
>
> － 테오에게 쓴 편지

빈센트는 어머니에게 편지를 써서 자신이 '아기 빈센트의 탄생'을 얼마나 기뻐하고 있는지를 알렸다.

> 아기가 태어나서 얼마나 기쁜지 몰라요. 하지만 요새 제가 곰곰이 생
> 각해봤는데, 아기 이름은 제 이름을 따서 빈센트로 짓기보다 테오의
> 이름을 따서 짓는 것이 더 낫지 않았을까 싶어요. 하지만 이왕 일이 이
> 렇게 되었으니, 저는 당장 아기를 위한 그림을 그리기 시작했어요. 테
> 오 가족의 침실에 걸어둘 그림을요. 하얀 아몬드꽃이 푸른 하늘을 향
> 해 자라나는 모습을 그리고 있어요.
>
> － 어머니에게 쓴 편지

프랑스 아를 고흐로 가는 길 이정표

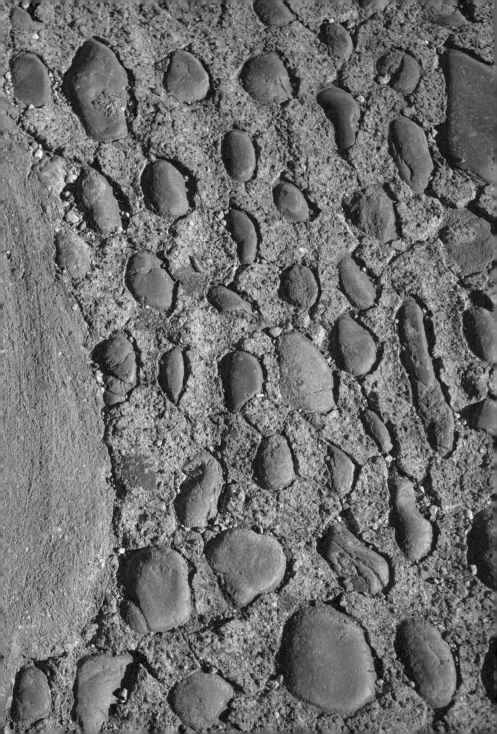

4부

내게 보이는
색깔로
세상을 그리는 일

Vincent

더 나은
내일을 꿈꾼다고
모두
아름다운 건 아니다

—

빈센트는 밀레에게서 밀레라는 화가 이상의 무언가를 보았다. 〈만종〉과 〈씨 뿌리는 사람〉 등을 통해 흔히 알려진 밀레의 수식어는 '농촌의 화가'였다. 틀린 말은 아니지만 그것만으로는 밀레를 제대로 이해할 수 없다. 빈센트는 여기저기 유랑하며 애면글면 간신히 살아내느라 파리는 물론 런던, 안트베르펜, 헤이그 같은 여러 도시를 거쳤다. 그렇게 천신만고 끝에 아를에 정착한 빈센트는 도시에 없고 농촌에는 있는 것을 발견해냈다. 바로 자신이 뿌린 씨앗을 자신의 힘으로 가꾸고, 보살피고, 마침내 거두는 농부의 헌신적인 삶이다.

  도시의 삶은 필사적으로 남보다 돋보여야 한다는 강박관념을 안겨주곤 한다. 파리의 화가들 사이에서, 런던의 미술품 판매상들 사이에서, 빈센트는 자신의 정체성을 증명해야 하는 고통을 느꼈다. 아직 명성을 쌓기 전의 빈센트는 도시에서 '화가로서의 자신'을 매번 증명해야 하는 고통을 느꼈지만 농촌에서는 그런 스트레스를 받지 않았다. 물론 자신을 괴짜로 보는 농촌 사람들의 의심스러운 시선을 견뎌야 할 때도 있었지만.

빈센트는 아를에서 밀레를 넘어설 수 있는 길을 찾아낸 것 같다. 자신의 독특한 스타일을 만들어내기 전, 빈센트에게 밀레는 '넘볼 수 없는 스승'이었다. 직접 만날 수는 없었지만, 밀레의 그림을 보고 또 보는 것만으로도 많은 것을 배울 수 있었다. 만나지 않고도 배우는 능력은 빈센트의 예민한 감수성의 산물이자 화가로서의 빛나는 재능이었다. 밀레와 들라크루아, 렘브란트에게서 빈센트가 받은 영감은 살아 있는 화가들에게서 받은 영감보다 훨씬 더 컸다. 빈센트에게는 원작자가 의도하지 않은 것까지 포착해내는 재능이 있었는데, 특히 밀레의 작품을 모작하고 개작하는 과정에서 그림 스타일이 바뀌는 것이 드러난다. 처음에는 밀레의 스타일을 배우는 데서 시작했지만, 점차 밀레의 감수성을 뛰어넘기 시작했다. 밀레가 농촌 풍경에서 평화와 안정, 고요와 감사의 풍경을 포착해냈다면, 빈센트는 '지금, 여기'를 뛰어넘는 인간의 초월적인 이상과 열정을 발견해냈다.

빈센트가 고갱 말고 또 한 사람 아를에 꼭 초대하고 싶어 한 화가는 베르나르였다. 빈센트는 고갱과 베르나르, 이렇게 셋이 아를에서 함께 지낼 수만 있다면 완벽한 예술가 공동체를 실현할 수 있으리라 여겼다. 베르나르에게 보낸 편지에서 빈센트는 〈씨 뿌리는 사람〉을 자세히 묘사한다.

농부가 갈아엎은 흙더미가 널따랗게 펼쳐져 있고, 바닥은 거의 진한 보랏빛으로 가득해. 다 익은 밀들은 주홍빛이 살짝 섞인 황토색이고, 하늘은 진한 노란빛, 태양처럼 밝은 색으로 그렸어. (……) 사실 나는 실제 색상이 어떻든 전혀 상관하지 않아. (……) 나는 어린 시절에 시골에서 자랐기 때문에 이곳이 전혀 낯설지가 않아. 군데군데 조각나긴 했지만, 어린 시절의 기억이 여전히 생생하고, 언제나 그립기도 하다네. 씨 뿌리는 사람과 짚단은 일종의 상징일세.

– 베르나르에게 쓴 편지

'씨 뿌리는 사람'의 자세는 밀레에게서 빌려왔지만, 그것 외에 특히 '색채'는 가히 '빈센트적인 것'이라 할 만하다. 밀레의 〈씨 뿌리는 사람〉과 빈센트의 〈씨 뿌리는 사람〉은 형태만 유사할 뿐 색채의 채도나 명도는 전혀 다르다. 밀레에게 씨 뿌리는 사람이 현실의 피사체였다면 빈센트에게 씨 뿌리는 사람은 일종의 '상징'이었던 것이다. 돌아갈 수 없는 어린 시절을 향한 노스텔지어, 농촌의 소박한 삶을 바라보며 느낀 감동과 경이, 예술이란 무엇인가를 매일 투철하게 고민하며 마치 씨앗을 뿌리는 농부의 심정으로 매일 그림을 그리는 자신의 모습. 이 모든 감정과 열망, 이상이 이 그림에 녹아 있다. 이렇게 빈센트는 밀레를 동경하면서도 밀레를 넘어서고 있는 것이다.

밀레의 농촌 풍경이 관객에게 가져다주는 감정이 '평화와 감사'라면, 빈센트의 농촌 풍경이 우리에게 불러일으키는 감정은 '창조와 열정'

〈씨 뿌리는 사람〉
캔버스에 유채, 64×80.5cm, 1888, 크뢸러뮐러미술관, 오텔로

이 아닐까? 밀레의 〈씨 뿌리는 사람〉에서는 농부와 땅, 인간과 자연의 조화로운 공존의 분위기가 두드러지는데, 빈센트의 〈씨 뿌리는 사람〉에서는 우리가 익숙하게 알던 농부의 이미지가 깨진다. 농부는 단지 씨앗이 아니라 자신의 꿈을 이 땅에 흩뿌리는 것처럼 보인다. 실제 자연을 넘어 환상의 자연, 몽환의 자연으로 확장되는 빈센트의 〈씨 뿌리는 사람〉을 보면, 빈센트가 그리려 한 것이 단지 '농부의 일상'이 아닌 '예술의 기원'이 아닐까 생각하게 된다.

빈센트의 〈씨 뿌리는 사람〉을 가만히 바라보고 있노라면, 나는 '덜 익은 욕심'은 잘 숨아내고 '소박한 희망'만 남겨두어야겠다는 생각이 든다. 더 나은 내일을 꿈꾼다고 해서 모두 아름다운 것은 아니다. 나만을 이롭게 하는 꿈이라면 너무 자기중심적이다. 눈앞에 보이는 이익만을 추구하는 것도 경계해야 한다. 그저 빈센트가 그린 〈씨 뿌리는 사람〉처럼 내 손으로 가꾸고, 내 손으로 거둘 수 있는 꿈에만 집중하고 싶어진다. 오늘을 견디고 내일을 준비할 수 있을 정도의 꿈만을 내 영혼의 밭에 뿌리고 싶어진다.

끝없이 펼쳐진 아를의 평야를 빈센트는 '영원'이라 불렀다. 빈센트는 고갱이 아를로 온 첫날 〈씨 뿌리는 사람〉을 그리기 시작했다. 누군가와 함께 오순도순 산다는 것이, 특히 자신이 좋아하는 화가 고갱과 함께 산다는 것이 얼마나 희망찬 일이었으면, 얼마나 큰 꿈을 꾸었으면 이런 싱그러운 색채를 마음 깊숙한 곳에서 뽑아 올릴 수 있었을까. 밀레가 그린 농부는 성스럽긴 하지만 무겁고 우울한 느낌도 함께 준다.

〈낮잠(밀레 작품 모작)〉
캔버스에 유채, 73×91cm, 1890, 오르세미술관, 파리

하지만 빈센트의 〈씨 뿌리는 사람〉은 빛의 향연, 색채의 춤으로 가득하다. 무거움이 전혀 느껴지지 않는다. 씨 뿌리는 사람의 마음에서 이미 돋아나기 시작한 희망과 꿈이 화면 전체를 가득 채우고 있다.

빈센트는 밀레의 그림을 여러 번 습작했다. 이런 습작은 점점 '자신만의 세계'를 찾아가는 여정이 되었다. 낮잠을 자는 농부들을 그린 밀레와 빈센트의 그림을 비교해보면 차이가 확연히 드러난다. 밀레의 그림은 사실적이면서도 평온한 느낌을 준다. 농가의 전형적인 풍경이며, 어디서도 돌발 형상은 나타나지 않는다. 그런데 빈센트의 〈낮잠〉에서는 분명 인물과 오브제들이 큰 변화가 없어 보이는데도 전혀 다른 그림처럼 느껴지는 무언가가 있다. 밀레는 물감을 얇게 펴 바른 듯 가벼운 터치로 일관하는 반면, 빈센트는 밀레의 황토색 들판을 황금빛 들판으로 바꾸며 화면을 두껍게 다져놓았다. 밀레의 그림에는 물감을 칠한 듯 만 듯한 여백에 가까운 공간이 보이는 반면, 빈센트의 그림은 그야말로 두꺼운 붓 터치로 가득 차 있다. 밀레의 그림에서 농부의 낮잠이 한낮의 평화로운 휴식처럼 보인다면, 빈센트의 그림에서는 마치 일상 속의 작은 천국처럼 몽환적이면서도 환상적인 느낌을 준다. 빈센트는 이렇게 밀레에서 시작하면서도 밀레를 뛰어넘고 있었던 것이다.

색채의
향연 속에서
화가의 천국을
바라보다

———

빈센트는 프랑스 남부의 자연뿐만 아니라 비평가들의 글에서 많은 영감을 받았다. 비평가 제프루아는 모네의 그림을 극찬하면서, 모네야말로 '밀레와 코로의 계승자'라고 치켜세웠다. 그는 테오에게 빈센트의 작품에 관심이 있다고 편지를 보낸 비평가이기도 했다. 이 비평가는 모네가 그린 바닷가 풍경은 남부 프랑스의 원초적인 아름다움을 되살려낸 걸작이라고 평가하면서, 이토록 아름다운 자연을 프랑스 안에서도 마음껏 발견할 수 있는데 굳이 태평양의 섬이나 고대 문명으로 떠나 원시의 풍경을 찾을 이유가 무엇이냐고 반문했다. 빈센트는 이 글에 용기를 얻어 더욱 자신의 작업에 박차를 가할 수 있었다. 남프랑스의 꾸밈없는 자연 속에서 원초적인 아름다움을 일구어내는 것이 빈센트의 관심사이기도 했기 때문이다. 밀레의 영향을 받아 생겨난 농민에 대한 관심으로, 빈센트는 농촌의 삶과 땅에 대한 원초적 유대감을 속속들이 체현하고 있었다. 아를 근처의 크로 들판은 빈센트가 발견한 이상적 농촌 풍경의 전형이었다. 자연의 원시적 아름다움과 농부들의 소박한 삶이 어우러진 곳, 대기가 유리구슬처럼 맑아 밀밭과 하늘의 원시적 색채를 최대한 선명하게 끌어낼 수 있는 곳. 바로 크로 들판이었다.

빈센트는 아를에 머물던 시기를 전후로 크로 들판의 황금빛 밀밭을 연달아 그렸다. 빈센트가 그린 밀밭의 풍경에서 지평선은 유난히 화면 높은 데 자리 잡고 있다. 빈센트의 밀밭은 마치 땅에 펼쳐진 거대한 바다 같아서 푹 잠겨 헤엄을 쳐도 좋을 것 같은 아늑한 느낌을 준다. 빈센트의 밀밭은 지평선을 화면 상단에 둠으로써 밀밭의 풍요로운 색감을 마음껏 실험할 수 있는 색채의 놀이터가 되었다. 그는 황금빛 밀밭을 그리며 테오에게 편지를 보냈다. "밀에는 오래된 황금이 뿜어내는 모든 빛이 서려 있단다. 구릿빛도 있고, 청금빛도 있고, 황금빛, 적청빛, 그리고 새빨갛게 달아오르는 난로의 불빛처럼 반짝이는 주홍빛도 있지." 사람들이 그저 '황금빛'을 띠고 있다고 생각하는 밀밭에서 빈센트는 모든 빛의 다채로운 스펙트럼을 발견했다. 바람 속에서 황금빛 밀이삭이 거대한 파도처럼 소용돌이치고 있는 모습은 보는 사람의 마음을 따스한 풍요와 감사로 물들인다.

황금빛 밀밭은 아름답긴 했지만 그늘 한 점 없이 따가운 햇살을 고스란히 받아내야 하는 곳이다. 빈센트는 뜨거운 햇살을 온몸으로 받아내며, 더위와 배고픔도 잊은 채 작업에 몰두했다. 때로는 하루에 두 작품씩 완성하는 엄청난 괴력을 보여주었다. 밀밭에 집중하던 시기 빈센트는 프로방스에 화가들의 천국을 세우고 싶다는 꿈에 매달렸다. 그는 오랫동안 편지를 주고받으며 서로를 격려하고 논쟁을 벌이기도 했던 베르나르에게 보낸 편지에 이렇게 썼다.

> 빨리, 빨리, 더 빨리. 더욱 빠르게, 밀밭을 테마로 한 그림 일곱 점을 다 그렸다네. 작열하는 태양 아래 묵묵히 추수에만 열중하는 농부처럼 말일세.
>
> – 베르나르에게 쓴 편지

빈센트는 황금빛 크로 들판이 머금은 수많은 빛의 순간적인 어우러짐을 포착하며 깊은 희열을 느꼈다. 들판에 미쳐 있던 시기, 테오에게 이렇게 편지를 썼다. "나는 요즘 새로운 주제에 빠져 있어. 끝간 데 없이 펼쳐진 넓디넓은 평야, 초록빛과 노란빛이 어우러진 들판을 그리고 있단다." 베르나르에게 보낸 편지에는 이렇게 썼다. "북쪽(파리)에 있을 때보다 지금이 훨씬 좋아. 한낮의 뙤약볕 아래서 그늘 한 점 없는데 밀밭에 나가 그림을 그리고 있지. 젠장, 이 고장을 서른다섯에야 찾아오다니! 스물다섯에 왔더라면 얼마나 좋았을까! 그때는 회색에, 아니 아무런 색이 없는 존재들에 매료되어 있었으니." 그는 '색이 없는 것처럼 보이는 것들'에 매료되어 있던 시간을 후회할 정도로, 황금빛 밀밭의 세계, 풍요로운 색채의 향연에 마음을 빼앗겼던 것이다.

빈센트는 바람이 불어 캔버스가 날아가는 것을 막기 위해 이젤을

〈크로 들판의 추수 풍경〉
캔버스에 유채, 73.4×91.8cm, 1888, 반고흐미술관, 암스테르담

쇠말뚝에 단단히 묶고 그림을 그릴 정도로 작업에 열중했다. 이젤의 다리를 땅속에 굳세게 박고 밧줄로 50센티미터 정도 길이의 말뚝에 단단히 묶으면 아무리 바람이 불어도 흔들림 없이 그림을 그릴 수 있다며, 베르나르에게도 이 방법을 권했다.

대지에 깊이 뿌리박힌 채로 밤하늘의 영원을 갈구하는 빈센트의 영혼은 그렇게 하루하루 단단하게 벼리어져갔다. 빈센트는 이 시기에 자신이 '올바른 길로 나아가고 있다'는 느낌을 받았고 타오르는 흥분에 사로잡혔다. 모네에게 지베르니의 정원이 있다면, 빈센트에게는 끝없이 펼쳐진 땅 위의 또 다른 바다, 크로 들판이 있었던 것이다.

빈센트는 황금빛 밀밭의 환상적인 풍경이 지친 테오의 마음에 깊은 휴식을 주기를 빌었다. 그는 밀밭을 그린 소묘 한 점을 테오에게 보내주면서 이렇게 편지를 썼다. "크로 들판의 이 탁 트인 공간을 바라보면서, 네 눈의 피로를 떨쳐낼 수 있었으면 좋겠다. 이곳의 자연이 얼마나 아름다운지, 너에게 꼭 알려주고 싶은데." 그는 가을의 황금빛 밀밭뿐만 아니라 지천으로 널린 환상적인 색채의 불꽃놀이에 마음을 빼앗겨 정신없는 하루하루를 보냈다. "지금은 가을이라 활짝 핀 난초와 마찬가지로 밀밭을 마음껏 그릴 수 있는 엄청난 기회야. 농부들이 포도를 수확하는 모습도 그리러 가야 하지. 그 틈에 바다 풍경도 그려야 하니, 가을은 더욱 바빠. 게다가 난초들은 분홍빛과 흰색인데, 밀밭은 노란색이고 바다는 파래. 이제 새로운 푸른색을 찾아봐야겠어. 정말 가을은 온통 빛의 스펙트럼으로 가득 차 있어……" 빈센트는 자연이 무상으로 베풀어주는 온갖 색채의 향연 속에서 화가의 천국을 보았다. 가을은 끊임없이 되돌아오지만, 빈센트가 묘사한 순간, 황금 밀밭이 물결치는 가을은 단 한 번뿐이었다.

〈아를의 여름 저녁(해질녘의 밀밭)〉
캔버스에 유채, 73.5×92cm, 1888, 빈터투어미술관

프랑스 오베르쉬르우아즈 밀밭

누군가를
향한 감정은
언제나
일방적이었지만

—

빈센트가 고갱과 함께하길 고대했던 것은 단지 화가들의 이상적인 공동체를 꿈꾸었기 때문만은 아니었다. 빈센트가 목마르게 꿈꾸었던 대상, 그것은 '초상화의 모델'이었다. 인물화를 그리기 위해서는 모델이 필요했지만, 까다로운 빈센트의 성격을 참아줄 모델을 찾기가 쉽지 않았다. 이와 달리 고갱은 설득의 귀재였다. 언변이 뛰어나고 남성적인 매력이 넘쳐서 여성들에게 인기가 있었고, 여성들은 고갱을 위해 기꺼이 모델이 되어주었다. 빈센트는 바로 그런 점을 부러워했다. 고갱의 친화력과 남성적 매력이야말로 빈센트의 콤플렉스를 자극하는 특성이었다. 빈센트는 고갱과 함께하면 자신의 부족한 점이 채워질 수 있으리라 믿었던 것 같다. 자신에게는 냉정했던 아를의 아름다운 여인들이 고갱에게는 호의적일 거라 생각했던 빈센트의 예감은 적중했다.

하지만 고갱의 모델이 곧 빈센트의 모델이 되는 행복한 체험은 극히 짧았고 충분치 않았다. 고갱은 아를 근교의 알리스캉에 짧은 스케치 여행을 다녀올 때조차 처음 만난 젊은 아가씨들을 금세 모델로 삼았지만, 빈센트는 고갱을 도저히 따라잡을 수가 없었다. 빈센트가 자주 찾았던 카페 드라가르의 주인, 마리 지누는 뭇 남성들의 눈길을 끄는 매력적인 여인이었다. 빈센트는 지누 부인을 오랫동안 그리고 싶어 했지만 좀처럼 그녀에게 접근하지 못하고 있었다. 아를의 아름다운 여인은 이 열정적인 화가를 부담스러워했다. 어떤 아가씨는 모델료를 받고도 약속한 시간에 나타나지 않았다.

이렇듯 빈센트가 몇 달 동안이나 그저 바라만 보고 있던 지누 부인을 고갱은 단 며칠 만에 노란 집으로 데려왔다. 고갱과 함께하기 위해 정성들여 '노란 집'을 꾸며놓았지만, 고갱이 이렇게 빨리 아를의 아름다운 여인을, 자신이 항상 동경하던 지누 부인을 모델로 데려올 줄은 미처 몰랐다. 지누 부인은 오직 고갱을 위해 포즈를 취했지만, 고갱 옆에 앉은 빈센트가 자신을 그리는 것까지 막지는 않았다.

고갱은 한 시간도 채 안 걸려서 간단한 스케치를 끝냈다. 반면 빈센트는 고갱에 대한 질투와 지누 부인에 대한 동경으로 뒤섞인 감정을 끌어안은 채, 엄청난 집중력을 발휘해 현장에서 유화를 완성해냈다. 고갱의 뜻하지 않은 도움을 통해, 빈센트는 그토록 그리고 싶어 했던 '아를 여인의 아름다움'을 포착해낸 것이다.

빈센트가 그린 지누 부인에게서는 고결함과 강건함이 느껴지는데, 고갱이 그린 지누 부인의 경우 가볍게 유혹하는 듯한, 명랑하면서도 경쾌한 느낌이 든다. 두 사람이 한 여인을 바라보는 태도가 이토록 달랐던 것이다. 빈센트는 고갱과 모델뿐만 아니라 그림을 그리는 시간과 그림에 대해 이야기하는 시간 또한 공유하고 싶었다. 하지만 이런 시간은 상상만큼 즐겁지 않았다. 아를에서 몇 달 동안 사람들을 탐색하고 초상화 모델을 찾았지만 도통 성공하지 못했던 빈센트와 달리 고갱은 너무 쉽게 모델을 구했다. 하지만 빈센트만큼 그들을 진심으로 아끼고 동경하지는 않았다.

빈센트는 아를을 비롯한 프로방스를 예찬하고 이 고장에 화가들의 천국을 만들고 싶었지만, 고갱은 아를을 남프랑스에서 가장 지저분한 곳이라고 폄훼했다. 고갱은 브르타뉴를 예찬하고 프로방스를 깎아내렸다. 빈센트가 사랑하는 모든 것을 고갱은 깎아내리곤 했다. 빈센트는 고갱 앞에서 자신이 사랑하는 것들이 형편없이 죄다 무시당하는 순간을 견뎌내야 했다. 고갱은 빈센트의 넘치는 열정과 개성을 받아줄 만한 포용력이 부족했고, 빈센트는 테오가 아닌 타인과 친밀한 관계를 제대로 맺어본 적이 없었다. 그러니 두 사람이 함께하기란 쉬운 일이 아니었다.

고갱은 야외에서 가벼운 스케치를 하고 작업실로 돌아와 심사숙고한 끝에 유려하고 섬세한 채색 작업을 했지만, 빈센트는 현장에서 생생한 영감이 사라져버리기 전에 바로 유화를 완성하는 방식을 선호했다. 문제는 두 사람이 서로를 존중한 것이 아니라 이런 차이로 인해 갈등하고 공격했다는 점이다.

〈아를의 여인: 책과 함께 있는 지누 부인〉
캔버스에 유채, 91.4×73.7cm, 1888, 메트로폴리탄미술관, 뉴욕

폴 고갱, 〈밤의 카페, 아를〉
캔버스에 유채, 72×92cm, 1888, 푸시킨시립미술관, 모스크바

아무래도 연장자이고 선배 격이었던 고갱이 나무라듯 지적하는 경우가 많았다. 고갱이 보기에 빈센트의 맹렬한 즉흥적 작업은 무질서하고 무계획적인 행동으로 보였다. 고갱과 빈센트 사이의 연결고리가 되어주었던 베르나르에게 고갱은 이렇게 편지를 썼다. "빈센트는 물감을 겹겹이 두껍게 칠하면서 즉흥적으로 작업해. 난타당한 캔버스가 정말 보기 싫어." 빈센트는 정열과 호감을 가득 담아 화려한 노란색으로 그들과 함께할 집을 꾸몄지만, 고갱은 '빈센트의 노란색'을 병적으로 싫어했다. "젠장, 온통 노란색 천지군. 모든 게 다 노란색이라니." 태양을 향해 한없이 홀로 꽃을 피워내는 해바라기처럼, 고갱을 향한 빈센트의 감정은 이토록 일방적이었다.

두 사람의 갈등은 점점 커졌고, 마침내 빈센트가 자신의 귀를 자르는 처참한 결말로 치달았다. 하지만 고갱이 떠나버린 뒤에도 빈센트는 고갱을 잊지 못했다. 항상 함께 일할 동료를 찾았던 빈센트에게, 고갱의 빈자리는 못내 아픈 것이었다. 둘이 사이좋게 갈등을 해결할 수 있는 길은 사라졌지만, 빈센트는 고갱을 생각하는 마음을 완전히 놓아버릴 수 없었다. 고갱이 빈센트를 전혀 생각하지 않고 있을 때도, 빈센트는 고갱을 걱정하고, 그리워했다. 빈센트가 그린 〈고갱의 의자〉는 고갱이 떠나기 전에 그렸지만, 이제는 '고갱이 떠난 빈자리'의 공허와 상실을 예언하는 그림처럼 느껴진다. 빈센트에게 고갱은 의자 위에 놓인 밝게 타오르는 촛불 같은 존재였지만 고갱은 멘토나 스승의 역할을 거부했고, 둘의 관계는 파국으로 끝나버리고 말았던 것이다.

미국 뉴욕 메트로폴리탄미술관에 나란히 전시된 고흐와 고갱의 그림

모든
번뇌를 멈춘 채
오직 달콤한
휴식 속으로

———

빈센트는 평생 '아늑한 공간'을 꿈꾸었다. 이는 예술가의 독립성이 보장되면서 언제나 누구든 초대할 수 있는 개방성이 공존하는 장소였다. 그 아늑함이란 화려한 가구나 비싼 장식품으로 얻는 게 아니었다. '혼자여도 좋고, 누군가와 함께해도 좋은 그런 공간'에 흐르는 우정 어린 분위기로 얻을 수 있는 것이다. 빈센트는 테오에게 편지를 보내면서 작은 소묘를 동봉한다. 아직 '노란 집'이 완성되기 전이라서 소묘를 통해 방의 윤곽을 그려보고 있었다.

오늘 내 방을 그린 그림을 다시 시작했어. 눈은 아직 아프지만 새로운 아이디어가 떠올랐는데, 바로 이런 소묘야. 30호짜리 캔버스면 될 것 같아. 소박한 내 침실을 그려보는 거야. 색채로 모든 것을 말하는 그림이야.

- 테오에게 쓴 편지

〈노란 집의 침실〉
종이에 소묘, 13×21cm, 1888, 반고흐미술관, 암스테르담

〈노란 집의 침실〉
캔버스에 유채, 72.4×91.3cm, 1888, 반고흐미술관, 암스테르담

그는 이 작은 방에 어떤 '절대적인 휴식'을 향한 갈망을 담고 싶었다. 이 작품을 통해 생각을 멈추게 하는 그림, 상상을 멈추게 하는 그림을 그리고 싶었다고 한다. 어떤 고민도 상상도 잠시 멈추고 쉴 수 있는, 달콤한 잠과 같은 그림을 그리고 싶었던 것이 아닐까?

가구들은 흔들림 없는 휴식을 표현해야 해. 벽에 걸린 초상화도, 거울도, 유리병이나 옷가지들조차도. 다른 것에는 흰색이 사용되지 않았으니까, 액자 틀은 흰색으로 해볼 거야. 나에게 강제로 주어진 휴식에 대한 보상이라고나 할까. 그늘진 부분이나 그림자는 그려 넣지 않았어.

- 테오에게 쓴 편지

그는 활기차고 싱그러운 느낌, 어두운 고민이나 끊임없는 불안 따위는 틈입할 수 없는 밝고 단순한 공간을 상상하며 이 그림을 그린 것 같다. 절대적인 휴식을 꿈꾸는 화가의 방은 마치 지상의 작은 유토피아처럼, 그림 속에서만은 현실처럼 초라하지도 협소하지도 않게 그려져 있다. 누구도 침해할 수 없는 꿈과 잠, 방해하지 않는 절대적인 휴식. 그 순수한 사적 공간을 향한 갈망이 이 그림 속에 오롯이 깃들어 있다.

빈센트가 그린 〈노란 집의 침실〉은 모두 다섯 작품이다. 세 작품은 유화, 두 작품은 편지 속의 소묘 형태로 남아 있다. 유화 세 작품 중 두 작품은 빈센트가 생레미의 요양원에 있을 때 복제화로 그린 것이다. 빈센트는 밀레를 비롯한 다른 작가들의 작품뿐만 아니라 자신의 작품을 다시 그렸는데, 색채와 형태를 조금씩 변형해 여기 반영된 화가의 정신 상태를 가늠할 수 있다. 특히 생레미의 요양원에서 자신의 과거 작품을 많이 복제하는데, 이는 단순한 카피라기보다 자신의 과거에 대한 그리움과 성찰을 담은 회상의 의미로 보인다. 그는 지누 부인을 비롯한 인물들을 생레미에서 다시 그리면서, 아를에서 있었던 일들, 그때 만난 인연들, 그때의 생각들을 회고하고, 반추하고, 새로운 모습으로 부활시키고 있다.

이 그림은 실제 아를의 방을 묘사한 것이기도 하지만, 빈센트의 오랜 희망을 응축한 작품이기도 하다. 그가 평생 찾아 헤맨 가정의 행복, 어딘가에 마침내 정착하고 싶은 꿈, 모든 번뇌를 멈추고 오직 달콤한 휴식 속으로 빠져들 수 있는 작은 공간을 향한 꿈이 이 그림에 깃들어 있다. 그가 발작으로 입원했던 생레미의 요양원에서 이 그림을 다시 그린 이유도 어쩌면 아를에서 잃어버린 모든 것들, 요양원에서 감금되어 있는 동안 빼앗긴 모든 것을 되찾고 싶었기 때문인지도 모른다. 어디에 있어도 집에 있다는 느낌, 지금은 요양원에 갇혀 있지만 언젠가는 그 예술가의 방을 찾을 수 있으리라는 희망, 편안하고 아늑한 자기만의 방에 있다는 느낌을 되찾고 싶었을 것이다. 빈센트가 꿈꾼 화가의 방은 사랑과 이해와 존중, 창조성과 평화가 함께하는 내면의 피난처가 아니었을까?

행복한 풍경
어디에도
내가 있을 자리는
없었다

———

행복한 풍경

빈센트의 그림들 중에 유독 애잔한 감수성을 풍기는 테마가 있다. 바로 커플로 보이는 두 사람이 있는 풍경이다. 화가는 먼발치서 다정한 연인, 부부, 동행자들을 관찰한다. 빈센트는 자신이 평생 가질 수 없던 반려자를 곁에 두고 있는 사람들을 부러워했다. 인생의 반려를 늘 곁에 두고 있는 사람들만이 느끼는 안정감, 홀로 있기보다는 함께 있기에 더욱 진하게 느낄 수 있는 행복의 감정이 빈센트의 그림에 녹아 있다. 그들에게 가까이 다가가 세밀하게 묘사하지 못하고 다만 멀리서 물끄러미 바라보듯, 그것만으로도 충분하다는 듯 화가의 시선은 수줍게 밀려나 있다.

　　빈센트는 오랫동안 반려자를 찾았다. 여러 차례 격렬한 짝사랑에 빠졌고 시엔과 동거하기도 했다. 이를 통해 자기 힘으로는 도저히 짝을 찾을 수 없다고 느낀 뒤에도 고갱이나 베르나르 같은 화가들과의 공동생활을 통해 일종의 대안가족을 찾고 싶어 했다.

이 모든 필사적인 노력이 무참하게 실패한 뒤, 빈센트를 기다리고 있던 가장 절망적인 사건은 바로 테오의 결혼과 출산이었다. 빈센트의 두려움 섞인 예상대로, 테오는 요하나와 결혼하자마자 빈센트와 멀어졌다. 테오는 빈센트를 향한 가망 없는 투자가 자신의 새로운 가족을 부양하는 데 방해가 될까 봐 두려웠을 것이다. 빈센트를 향한 테오의 희망과 인내심, 그리고 조건 없는 애정은 거의 바닥난 상태였고, 빈센트 또한 그것을 모르지 않았다. 테오는 빈센트에게 아버지보다 더 큰 사랑을 주었지만, 빈센트는 테오의 애정에 보답할 길을 찾지 못했다. 그림은 좀처럼 팔리지 않았고, 주변 사람들을 불편하게 하는 성격 또한 바꿀 수가 없었다.

'두 사람이 있는 풍경'을 그릴 때마다 빈센트는 자신이 가질 수 없는 것을 자각하며 뼈아픈 결핍을 느꼈을 것이다. 너무 부럽고 아름다운 풍경이지만, 자신은 결코 가질 수 없는 것에 대한 안타까움. 그는 테오에게 '함께 그림을 그리며 살아가자'고 끊임없이 설득했지만, 테오는 자신의 길이 '화가'가 아닌 '화상'임을 잘 알고 있었다. 낭만적인 이상주의자였던 형에 비해 테오는 이성적인 현실주의자였던 셈이다. 테오가 오랜 구애 끝에 드디어 결혼하게 되자, 빈센트는 한편으로 기쁘면서도 진심으로 축복해줄 수 없었다. 형으로서 동생의 결혼을 축하해주고 싶은 마음도 컸지만, 동생에게 가족이 생기면 더 이상 자신을 후원해주지 못할 거라는 생각에 두려웠기 때문이다.

빈센트에게 남은 마지막 희망은 생레미의 요양원을 나와 테오 가족과 합치는 것이었다. 테오만 곁에 있어준다면, 빈센트는 더 이상 두려울 것이 없었다. 하지만 그토록 그리웠던 테오와 만나는 순간, 빈센트는 테오가 자신을 더 이상 존경과 애정을 담아 바라보지 않는다는 것을 깨달았다. 분명 빈센트는 발작과 조울 증상으로부터 상당히 호전되었고, 1890년 5월 16일에는 페이롱 박사가 '완쾌'라고 기록하여 퇴원을 허락했을 정도로 건강해진 상태였다. 다음 날 아침 빈센트가 탄 기차는 파리 리옹 역에 도착했다. 테오가 기차역에 마중 나왔지만, 둘의 만남은 전과 달리 어색했다. 고갱과의 이별 직후 아를 병원에서 아주 잠시, 스스로 귀를 자른 빈센트가 거의 정신을 잃어가는 상태에서 만난 지 무려 2년 만의 해후였다.

그동안 테오는 물론 가족 누구도 홀로 병마와 투쟁하고 있는 빈센트를 간호하지 않았다. 그럼에도 불구하고 테오와의 감동적인 재회를 설레는 마음으로 상상했던 빈센트에게, 테오의 태도는 낯설고 서먹했다. 일단 테오의 건강이 좋지 않았다. 테오는 오랫동안 병을 앓고 있었고, 테오의 바싹 마른 얼굴과 창백한 안색에 비해 빈센트는 훨씬 건강하고 잘생겨 보여 요하나가 충격을 받을 정도였다.

빈센트는 비로소 테오와 요하나의 아기를 볼 수 있었다. 테오의 집 식탁 근처에는 빈센트가 누에넨에서 그린 〈감자 먹는 사람들〉이 걸려 있었다. 거실에는 크로 들판을 그린 풍경화들과 저 눈부신 〈별이 빛나는 밤〉이 걸려 있었다. 침실에는 빈센트가 그린 과수원 풍경이 테오와 요하나 부부의 침대 머리맡에서 환하게 빛나고 있었다.

〈연인이 있는 정원, 생피에르 광장〉
캔버스에 유채, 75×113cm, 1887, 반고흐미술관, 암스테르담

이제 태어난 지 겨우 석 달 반이 된 테오의 아들, 또 다른 빈센트가 누워 있는 요람 위에도 빈센트의 그림이 걸려 있었다. 요하나는 나중에 빈센트가 조카를 바라보며 눈물을 글썽이던 모습을 회상하는 글을 남기기도 했다. 빈센트는 감격에 차서 아기를 바라보았고, 귀여운 아기의 미소는 평생 혼자 살아왔던 빈센트를 더욱 외롭고 비참하게 만들었다. 행복한 가족의 풍경 어디에도 빈센트의 자리는 없어 보였던 것이다.

형제의 만남은 감격스러우면서도 한편으로는 어색했다. 어쨌거나 빈센트는 파리에서 새로운 그림을 그리기 위해 바쁘게 갤러리들을 돌아다녔다. 이번에는 파리에서 뭔가를 이루어보리라 단단히 결심했던 것이다. 일본 판화 전시회, 봄철 살롱전이 열리고 있는 샹드마르의 그랜드홀에도 가보았다. 오랫동안 갤러리나 박물관에 들르지 못했기 때문에, 다른 화가의 그림들은 더욱 간절한 동경심을 자극했다. 특히 퓌비드 샤반의 〈예술과 자연 사이〉라는 거대한 풍경화에 감동을 받았다. 빈센트는 샤반의 그림이 주는 감상을 이렇게 묘사했다. "샤반의 벽화를 가만히 바라보고 있으면, 온 마음을 다해 자비롭게, 내가 믿고 소망했던 부활의 장면을 지켜보는 느낌이었다." 하지만 감동도 잠시, 빈센트는 파리에서 자신이 오랫동안 머물 수는 없다는 뼈아픈 현실을 깨닫게 된다.

〈숲을 산책하는 남녀〉
캔버스에 유채, 49.5×99.7cm, 1890, 신시내티미술관

사랑했던
사람들조차
유리를 통해 바라보듯
희미하게

—

과거에 빈센트는 자신의 독특한 화법으로 그릴 때도 실제 이미지를 주요 모티브로 삼았다. 그러나 오베르쉬르우아즈 시절에는 급격히 환상적인 이미지를 강화하게 된다. 주변 풍경을 그릴 때도 전원적이고 목가적인 느낌, '이곳에 가면 온 가족이 행복할 수 있을 것 같은' 느낌을 풍기는 이미지를 추구한다. 사실 그것은 테오 가족에게 보내는 빈센트의 메시지였다.

그는 테오 가족과 함께함으로써 자신의 인생에서 평화와 안식을 찾고 싶었던 것이다. 테오 가족을 오베르쉬르우아즈로 불러 정착시키기 위해 그곳을 최대한 아름답게 묘사하여 보여주고 싶어 했다. 빈센트는 항상 농부들이 일하는 풍경을 좋아했지만, 이 시절에는 추수철에도 농부들을 묘사하지 않았다. 화려하고도 포근한 이미지, 이곳에서 아기를 키우고 싶다는 생각이 들 정도로 평화롭고 안락한 이미지를 그리고 싶었던 것이다. 이러한 달콤한 상상의 중심에는 그가 밀레만큼 존경했던 샤를 도비니가 있었다. 도비니는 수많은 화가를 오베르쉬르우아즈로 모이게 했던 주인공이자 인상파의 대부였다.

도비니는 밀레와 더불어 바르비종파의 대부였고, 캔버스를 야외로 들고 나가 그림을 그리는 문화를 이끈 옥외 그림의 선구자였다. 살롱전의 엄격한 심사와 규제로부터 화가의 자유로운 정신을 지켜야 한다고 생각했던 예술가들의 정신적 지주이기도 했다. 뒤프레, 코로, 세잔, 피사로 등 풍경화의 새로운 장을 연 화가들에게 도비니는 생생한 영감을 주었다.

그가 살았던 오베르쉬르우아즈로 화가들이 찾아왔는데 도비니의 저택은 빈센트에게 커다란 영감을 주었다. 여기에서 도비니는 절친한 벗이자 위대한 화가였던 오노레 도미에와 함께 살았다. 온갖 과일나무와 철마다 피어나는 꽃으로 둘러싸인 이 저택에서, 도비니는 아내와 아이들, 친구 도미에와 함께 화가의 마지막 안식을 꿈꾸었다. 안타깝게도 도비니는 언덕 위의 작은 천국 같은 집의 안락함을 오래오래 누리지 못하고 곧 세상을 떠나고 말았다.

도비니가 세상을 떠나고 무려 12년이 지난 뒤에도, 도비니의 부인은 변함없이 검은 옷을 입은 채 조용히 살아가고 있었다. 가끔 그 집에 들른 사람들은 도비니의 아내 소피의 모습을 볼 수 있었다. 도비니 부인의 모습은 빈센트에게 감명을 주고 도비니의 저택은 빈센트의 새로운 이상향이 되었다.

빈센트는 테오에게 보낸 편지에서 도비니의 저택을 스케치함으로써 오베르쉬르우아즈로 왔으면 좋겠다는 생각을 내비쳤고, 자신이 꿈꾸고 사랑하는 모든 정원의 이미지를 이 그림 한 폭에 집어넣고자 했다. 검은 상복을 입은 채 외로이 탁자 옆에 서 있는 도비니 부인, 신비롭고 생기발랄한 분위기를 물씬 풍기는 고양이, 그들을 평화롭게 감싸 안은 정원과 저택의 이미지는 빈센트에게 또 다른 '예술가의 집'을 향한 환상을 부추겼다. 빈센트가 꿈꾸는 '행복이란 무엇인가'에 대한 구체적인 해답이 바로 이 그림 속에 들어 있었다.

도비니와 말년을 함께 보냈던 도미에 또한 빈센트가 존경하는 화가였다. 도비니와 도미에의 아름다운 우정은 빈센트를 감동시켰다. 서로 개성이 전혀 다른 화가들이 그토록 사이좋게 공동체를 이루어 살아갈 수 있다는 것이 진한 감동으로 다가왔다. 게다가 도미에는 말년에 눈이 거의 먼 상태였기 때문에 누군가의 도움이 절실히 필요했고, 도비니 부부는 그런 도미에를 기꺼이 자신의 집에 초대했던 것이다. 도비니와 아내, 그리고 도미에는 이 아름다운 저택에서 노년을 보내며 예술과 사랑, 우정이 하나 되는 아름다운 시간을 보냈고, 이는 빈센트가 꿈꾸는 이상향이었다.

빈센트는 테오 가족과도 바로 이런 공동체를 꾸려나갈 수 있기를 꿈꾸었다. 도미에와 도비니의 우정처럼, 테오와 자신의 우정도 계속되기를 빌었고, 테오의 아들과 요하나에게도 복잡한 대도시 파리보다 오베르쉬르우아즈의 목가적인 전원풍경이 훨씬 좋을 거라 생각했던 것이다.

〈도비니의 정원〉
캔버스에 유채, 53.2×103.5cm, 1890, 히로시마미술관

가정과 작업실이 하나가 되고, 가족과 우정이 하나가 되는 이런 이상적인 공동체는 빈센트가 평생 꿈꾸던 행복의 결정체였다. 그 꿈같은 이상의 향기가 〈도비니의 정원〉이라는 그림에 가득 담겨 있다.

　이룰 수만 있다면, 얼마나 이상적인 공동체인가. 빈센트는 더 이상 동지를 찾으려는 가망 없는 노력을 계속하지 않아도 되고, 테오 가족을 바라보며 마음의 안정을 찾을 수 있었을 것이다. 하지만 테오는 파리를 떠나고 싶지 않았고, 형과 같이 살기를 원하지 않았다. 형을 사랑했지만, 자신과 너무 다른 형과 일상을 함께할 수는 없었다.

　빈센트의 마음속에서도 어느새 미래에 대한 불안이 엄습하고 있었다. 또다시 '머릿속의 폭풍' 같은 발작이 일어날까 두렵고, 그림이 한 장도 팔리지 않을까 걱정스럽고, 팔리지 못한 채 테오의 집에 쌓이기만 했던 그림이 눈에 밟혀 잠이 오지 않았다.

　그는 심지어 고갱에게 편지를 보내 '다시 함께 그림을 그리자'고 간청했지만 고갱은 정중하게 거절했다. 그는 자신이 살고 있는 브르타뉴의 작업실은 마을에서 멀리 떨어져 있어서 '자네처럼 의사가 필요한 사람에게는 위험할 수도 있다'는 이유를 댔지만, 사실 빈센트와 다시 함께하고 싶지 않은 속내를 넌지시 비친, 명백한 거절의 편지였다. 고갱은 이제 마다가스카르로 떠나겠다며 열정을 불태우고 있었고, 빈센트는 그를 따라가고 싶기도 했지만 어렵다는 사실을 깨닫는다. "그림의 미래는 분명 열대지방에 있는 것 같다. 하지만 고갱이나 내가 그 미래의 주인공인지는 확신할 수가 없다."

빈센트가 처한 현실은 아름다운 도비니의 정원과는 달리 어둡고 삭막했다. 빈센트는 오베르쉬르우아즈 시절 이후 자신이 급격히 '늙어 버렸다'고 생각한다. "여하튼 내가 지금까지 걸어온 길을 되돌아가거나 전혀 다른 새로운 길을 꿈꾸기엔, 나는 너무 늙어버렸어." 이 무렵 어머니에게 보낸 편지에서도 착잡한 심경을 숨기지 못한다. "저는 앞으로도 계속 외롭게 살아가겠지요. 제가 가장 사랑했던 사람들조차 늘 유리를 통해 바라보듯 희미하게만 느껴졌을 뿐이에요." 사랑도, 우정도, 가족마저 유리창 너머의 머나먼 풍경처럼 느껴지는 시간 속에서, 빈센트는 오직 그림 속에서 최후의 구원을 꿈꾸고 있었다.

예술가가
죽은 뒤에도
영원히 살아 있는
예술을 꿈꾸며

———

밤하늘의 별을 휘몰아치는 소용돌이로 그려낸 빈센트의 독특한 필치는 오직 빈센트만의 아우라를 상징하는 이미지가 되었다. 빈센트가 그려낸 소용돌이 이미지는 일상 언어로는 도저히 표현할 수 없는 극한의 감정을 떠올리게 한다. 한없이 회오리치는 슬픔의 얼굴 같기도 하고, 벗어나려고 기를 쓰지만 결코 벗어날 수 없는 운명의 소용돌이처럼 보이기도 하며, 결코 벗어날 수 없는 운명일지라도 기필코 벗어나려는 인간의 안간힘처럼 보이기도 한다.

유한의 세계에서 무한의 세계를 꿈꾸는 인간의 운명, 갑갑한 현실에 발을 디딘 채로 영원히 도달할 수 없는 예술의 극한을 향해 팔을 벌리는 화가의 꿈. 나는 빈센트의 소용돌이 이미지를 보면서 빈센트 자신의 슬픔뿐만 아니라 우리 자신이 '유한한 존재'이기 때문에 어쩔 수 없이 견뎌내야 하는 슬픔을 떠올리게 된다.

빈센트의 정신질환과 예술적 성취를 연관 짓는 사람들은 〈별이 빛나는 밤〉이 불안한 정신 상태를 반영한 것이라고 입을 모으지만, 그러면 생레미와 오베르쉬르우아즈 시절 빈센트가 비교적 안정된 상태에서 그려낸 소용돌이 문양 그림들을 설명할 수 없다. 미국 출신의 예술가 마이클 벤슨은 빈센트의 〈별이 빛나는 밤〉이 소용돌이 은하 'M51a'를 직접 보고 그린 거라고 해석하기도 했다. 물론 그럴 가능성도 있지만, 소용돌이 패턴은 밤하늘의 별뿐만 아니라 다른 그림에도 자주 나타나므로 이런 해석은 빈센트의 화풍을 온전히 설명해주지 못한다. 빈센트가 메니에르병을 앓았기 때문에 이런 소용돌이 문양이 가득한 혼란스러운 그림을 그렸다는 해석까지 나왔다. 하지만 빈센트는 테오에게 보낸 편지에서 '발작이 심하거나 정신 상태가 불안정할 때는 그림조차 그릴 수 없다'고 고백하고 있기 때문에 그의 '질병'과 '예술'을 무작정 연결하는 해석이 반드시 옳다고 볼 수는 없다.

빈센트의 소용돌이 패턴은 밤하늘의 별이 아닌 풍경을 그릴 때도 빈번하게 나타나며 건강이 비교적 안정돼 있었을 때도 나타난다. 〈오베르쉬르우아즈의 성당〉에서도 소용돌이 문양의 안정된 사용이 돋보이는데, 〈별이 빛나는 밤〉에서보다 더욱 규칙적이고 의도적으로 소용돌이 문양을 사용한 것으로 보인다. 그는 사물의 형태를 명확한 윤곽선 안에 가두지 않고, 마치 사물의 내부와 외부가 자유롭게 섞이는 듯한 이미지로 소용돌이 문양을 활용하기도 했다.

빈센트는 유한의 세계에서 무한의 창조성을 꿈꾸는 예술가의 비애를 누구보다 절실히 느꼈다. 베르나르에게 편지를 쓰면서 예수야말로 위대한 예술가였다고 평가한다. "그리스도는 누구보다 청렴하게 살았어. 다른 어떤 예술가들보다 더 위대한 예술가로 살았지. 대리석과 점토와 물감을 비난하고, 살아 있는 육신으로 일하면서 말이야." "현대인의 이 신경질적이고도 둔감한 감성으로는 상상하기도 어려운 이 완벽한 예술가, 그리스도는 조각상을 만든 적도 없고 그림을 그린 적도 없고 책을 쓴 적도 없었지. 그리스도는 오직 확실한 것만 만들었어. (······) 즉 살아 있는 사람들, 영생하는 존재들을 만들어낸 거야."

그리스도는 자신의 이야기를 제자들에게 받아쓰라고 하지도 않았다면서, 빈센트는 '눈에 보이는 예술 작품'의 형태로 남겨놓은 것이 전혀 없는 그리스도야말로 위대한 예술가가 아니겠냐고 반문했다. "게다가 그리스도는 이렇게 선언할 정도로 대담했잖아. 로마의 멸망을 신랄하게 예언하면서 말이야." "하늘도 땅도 사라질 것이다. 하지만 내 말은 사라지지 않을 것이다." 그는 그리스도의 이런 당당함에 매혹되었다. "이런 예수의 이야기는 최고, 그야말로 최고점에 있는 거야. 예술로 도달한, 예술이 바로 그 자리에서 순수한 창조력이 되는 곳에 있는 것이지."

항상 무한한 예술의 유토피아를 가슴에 품고 살았던 빈센트에게 실제 발 딛고 있는 현실은 너무도 가혹했다. 1890년 빈센트가 사망한 해에 그린 〈원을 그리며 돌고 있는 죄수들〉에서 '죄수들의 원형 보행'은 벗어나려고 해도 벗어날 수 없는 운명의 원환을 빙빙 돌고 있는 빈센트 자신의 모습을 닮았다. 〈별이 빛나는 밤〉이 천상의 소용돌이를 보여준다면 '죄수들의 원형 보행'은 지상의 소용돌이를 보여주고 있다.

〈오베르쉬르우아즈의 성당〉
캔버스에 유채, 93×74.5cm, 1890, 오르세미술관, 파리

프랑스 오베르쉬르우아즈 성당

〈원을 그리며 돌고 있는 죄수들〉
캔버스에 유채, 80×64cm, 1890, 푸시킨시립미술관, 모스크바

빈센트는 베르나르에게 쓴 편지에서 그리스도에 대한 자신의 생각이 예술 자체를 넘어, 머나먼 저편의 세계를 상상하게 해준다고 이야기한다. 단지 작품으로 존재하는 예술이 아니라 생명을 창조하는 예술, 예술가가 죽은 뒤에도 영원히 살아 있는 예술을 꿈꾸었던 것이다.

하지만 그런 예술을 꿈꾸는 빈센트에게 주어진 현실은 초라하고 가혹했다. 그는 화가들이 "예술에 대한 사랑이 현실 속의 인간에 대한 사랑을 박탈하는" 이 힘겨운 세상에서 도달하기 어려운 운명의 굴레를 지고 몸부림치고 있다고 생각했다. 끊임없이 돌고 또 돌아 천상의 세계, 무한의 세계로 용솟음쳐 솟아오르는 저 〈별이 빛나는 밤〉의 소용돌이는 이런 순수한 창조성의 극한을 떠올리게 한다. 우리가 유한한 인간임에도 불구하고, 가슴에 품지 않고서는 살아갈 수 없는 빛나는 유토피아의 극한을. 나는 〈별이 빛나는 밤〉을 통해 본다. 비행기도 없이 창공을 날아오르는 예술가, 우주선도 없이 우주를 횡단하는 예술가의 열정을.

5부

온 세상이
나를
막아서더라도

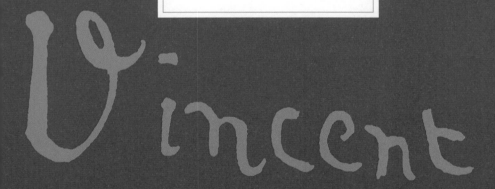

그때 조금만
더 친절하게
대해주었다면

—

오베르쉬르우아즈에서 빈센트는 가셰를 만나 병이 치유될 수 있다는 희망을 품었지만, 얼마 지나지 않아 두 사람의 우정은 틀어지고 말았다. 가셰는 처음에는 빈센트에게 마음을 열어주었지만, 두 사람은 금세 서로에게 실망하고 말았다. 끊임없이 뭔가를 요구하는 빈센트의 열정적인 성격과 혼자서 몽상에 잠기고 고독을 즐기는 가셰 사이에는 갈등의 불씨가 이미 존재하고 있었다. 두 사람은 서로에게 맞추어 자신을 변화시키는 타입이 아니었던 것이다.

가셰의 딸 마그리트에 대한 빈센트의 관심 또한 그를 불편하게 했을 것이다. 가셰의 아들과 딸도 빈센트를 불편해했다. 그들은 빈센트가 자신들을 모델로 그림을 그렸을 때 매우 실망했다고 한다. 그림이 실물과 별로 닮지 않았기 때문에, 자신의 초상화에서 기대하는 바가 보이지 않았기 때문에, 마그리트는 빈센트가 그린 초상화를 마음에 들어 하지 않았다.

⟨가셰의 정원에 있는 마그리트⟩
캔버스에 유채, 46×55.5cm, 1890, 오르셰미술관, 파리

프랑스 오베르쉬르우아즈에서 고흐가 머물었던 라부여관(현재는 고흐박물관)

빈센트는 새로운 장소에 가면 모든 것을 처음부터 다시 시작하려고 피나게 노력했지만, 이곳에서도 새로운 생활에 대한 설렘과 희망조차 오래가지 않았다. 마을 주민들은 카페에서 빈센트를 만나면 슬슬 피했고, 거리에서 빈센트가 다가가 말을 걸거나 포즈를 취해달라고 부탁하면 달아나버렸다. 빈센트의 잘린 귀는 사람들에게 공포감을 불러일으켰다. 부랑자처럼 흐트러진 차림새와 외모에서 가장 두드러진 것은 잘린 귀였고, 빈센트가 스스로 귀를 잘랐다는 사실을 알지 못하는 사람들도 두려워했다.

단정하거나 안정된 느낌을 주지 못했던 빈센트는 결국 오베르쉬르우아즈 사람들과도 친하게 지내지 못했다. 제멋대로 자라 방치된 수염, 직접 깎아 삐뚤빼뚤한 머리카락, 낯설고 어색한 억양, 이 모든 것이 주민들에게 거부감을 불러일으켰다. 독일어와 영어가 묘하게 섞인 듯한 프랑스어도 이질감을 불러일으켰다. 그의 말투는 정처 없이 돌아다니며 어디에도 정착하지 못한 삶, 한 번도 지상의 안정된 땅에 뿌리내린 적 없는 거친 삶을 암시했다.

그러나 빈센트를 가장 힘들게 했던 것은 오베르쉬르우아즈 사람들의 이런 적대감이 아니라, 테오와 요하나, 빈센트, 세 사람의 관계였다. 서로 간에 최대한 좋은 쪽으로 생각하려 하지만, 누구에게도 악의는 없었지만, 모두가 선량한 사람들이었지만, 그들은 만날 때마다 삐걱거린다. 테오와 요하나는 아기와 함께 안정된 도시 생활을 누리고 싶었지만, 빈센트는 그들이 오베르쉬르우아즈로 와주길 갈망했다. 테오는 갓 태어난 아기와 사랑하는 아내 요하나를 신경 쓰느라 이제 마흔을 바라보는 형 빈센트까지 보살펴주기가 어려웠다. 테오의 아들, 아기 빈센트가 몸이 아파 끊임없이 울었는데, 아기의 울음소리는 테오의 가슴을 찢어놓았다. 테오는 화상으로서 최선을 다했지만 빈센트까지 부양해야 했기에 늘 돈이 부족했고, 테오의 유능함을 이용하면서도 충분한 보수를 주지 않는 고용주 때문에 가슴속에서는 자립에 대한 열망이 싹트고 있었다. 하지만 구필상사를 뛰쳐나가 사업을 시작하려면 큰돈이 필요했고, 테오에게는 그럴 만한 자금이 남아 있지 않았다.

테오는 형이 '우리 모두 함께 오베르쉬르우아즈에서 살 수 있다'는 불가능한 꿈을 더 이상 가슴에 품지 않기를 바랐다. 테오는 형에게 편지를 썼다. "형이 가정을 꾸리기를 나도 진심으로 바라." 테오는 형이 결혼하여 자신의 가족을 만들 수 있기를 바랐다. 더 이상 테오의 가족과 합침으로써 더 큰 가족을 만들 수 있다는 환상을 품지 말라는 이야기이기도 했다. 테오로서는 자신의 가족을 지키기 위한 절실한 요구이자 분명한 선긋기였지만, 빈센트로서는 마지막 희망을 앗아가는 것과 같았다.

빈센트는 더 이상 테오에게 경제적 지원을 기대하기도 어려웠고, 테오와 함께 삶으로써 모든 외로움과 불안을 날려버릴 수 있다는 희망을 가지기도 어려웠다. 아무리 힘든 순간에도 그를 지켜주던 최후의 방어선이 무너지고 있었다. 구필상사를 떠나 자신의 사업을 시작하겠다는 테오의 언질 자체가 빈센트에게는 위협적으로 들렸다. 사업을 시작하기 위해 자금을 끌어 모으려면, 당연히 빈센트에 대한 원조도 끊을 가능성이 높았기 때문이다.

이런 상황에서 빈센트는 지푸라기라도 잡는 심정으로, 나아가 뭔가 상황을 바꿀 수 있으리라는 강렬한 희망으로, 파리행을 결심했다. 누구도 빈센트를 반가워할 만한 처지가 아니었고, 세 사람은 마침내 격렬한 말다툼으로 서로를 할퀴기 시작했다. 요하나 입장에서는 '도시에서 아이를 키운다'는 이유만으로 '아이에게 좋지 않은 환경이다'라고 주장하는 빈센트의 생각에 동의하기 어려웠고, 안 그래도 아이가 아파서 힘들어하고 있는 자신에게 빈센트까지 가세했으니 어깨에 한 짐을 더 올려놓는 듯한 부담감을 느꼈을 것이다. 경제적으로 곤란에 빠져 있던 테오 가족에게 빈센트는 분명한 짐이었고, 요하나는 적개심을 숨기지 못했다. "그때 우리가 함께 있었을 때 내가 조금만 더 그에게 친절하게 대해주었더라면! 그때 그에게 짜증을 부린 것이 지금은 얼마나 후회되는지 모른다." 요하나는 오랜 시간이 지난 뒤에 이렇게 회상했다.

요하나는 테오가 빈센트 때문에 괴로워하는 것을 알고 있었기 때문에 더욱 신경이 날카로워져 있었다. 악몽 같은 파리의 마지막 하루가 지난 뒤, 빈센트는 테오에게 이렇게 편지했다. "나는 네게 짐이 되는 것이, 네가 나를 두려워해야 할 존재로 느끼는 것이 정말 무서웠어." 요하나는 몰랐다. 그것이 그들의 마지막 만남이 되리라는 것을. 그게 마지막인 줄 알았더라면, 빈센트에게 조금 더 친절하게 대해주었을 텐데. 그렇게 가시 돋친 말은 해선 안 되는 것이었는데.

이 시절의 그림에서는 모든 것이 빈센트로부터 멀어져간다. 인물의 얼굴을 아주 가까이서 그리고 싶어 했던 빈센트의 열망에 비춰보면, 안타깝고 쓸쓸하다. 이 시절의 그림에서는 점점 더 멀리 사라져가는 듯한 사람들의 아스라한 뒷모습이 두드러진다. 우체부 룰랭 가족을 그릴 수 있던 시절의 따스한 충만함이 잘 느껴지지 않는다. 원하는 모델을 이젤 앞에 세우는 것은 예전보다 더 힘들어졌고, 그나마 호의를 보였던 가세 가족마저 등을 돌리니 의지할 데라곤 없었다. 파리에서 보낸 마지막 날, 빈센트와 테오, 요하나의 말다툼이 워낙 심각했기 때문일까. 1890년 7월 6일 일요일에 일어났던 세 사람의 대화에 관련된 모든 편지는 사라져버렸다. 모두가 최선을 다했지만 누구도 바꾸지 못하는 절망적 상황이 빈센트의 앞날에 슬픈 그림자를 드리우고 있었다.

마음을 움직인
그림 속의
강인함과 대담함

———

　　　　모델을 구하기 힘들어 애를 먹던 빈센트에게 최고의 모델은 바로 옛 화가들의 그림이었다. 빈센트의 예민함과 까다로움을 만족시킬 만한 모델을 찾기가 어려웠고, 모델료 또한 부담이었다. 게다가 빈센트는 실제 모델이 있는 그림이 진실한 그림이며 상상과 기억만으로 그림을 그리는 것은 신념에 어긋나는 일이라 믿었다. 주변에서 모델을 찾기 어려울 때, 위대한 화가들에게서 빛과 색채를 활용하는 기술을 배우고 싶을 때, 빈센트는 모작을 실험했다. 그것은 단순한 모방이 아니라 빈센트 특유의 재해석이자 새로운 창조였다.

　　빈센트가 가장 많은 모작을 시도했던 화가인 밀레 말고도, 렘브란트, 도미에, 히로시게, 들라크루아, 베르나르 등 다양한 화가의 작품이 빈센트의 영감을 자극했다. 특히 생레미 시절 빈센트는 많은 화가의 그림을 모작한다. 요양원 주변 풍경과 인물이 워낙 단조롭다 보니 작업의 한계를 절감했을 것이다. 그는 생레미 시절, 도미에의 목판화를 채색화

〈압생트와 카페 테이블〉
캔버스에 유채, 46.3×33.2cm, 1887, 반고흐미술관, 암스테르담

로 재해석하면서 인물의 유머러스한 표정과 역동적인 몸짓, 유쾌하고 풍자적인 분위기를 묘사하는 법을 배웠다. 무채색의 목판화 원작을 빈센트 특유의 색채로 재해석하는 작업은 뜻밖의 희열을 가져다주었다. 빈센트는 인간과 세계를 바라보는 도미에의 따뜻하면서도 풍자적인 시선에 매료되었다.

빈센트는 도미에의 그림을 보면서 느끼는 감동을 테오에게 적어 보내기도 했다. "내 마음을 움직인 것은 도미에의 그림에 담겨 있는 강인함과 대담함이었어." 빈센트는 사물의 복잡한 색채와 세부 대신 뭔가 단순하고 강렬한 것을 찾고 있었고, 도미에는 그런 빈센트에게 깊은 영감을 주었다. 대상의 복잡한 윤곽과 색채를 과감하게 생략하고, 단순하면서도 명징한 윤곽선만을 남겨두기. 인간을 좀 더 직접적이고 생생히 담아내기 위해 디테일을 과감하게 생략하면서도 인물의 개성을 강렬하게 포착하기. 그것이 빈센트가 도미에를 통해 배운 인물화의 전략이었다.

〈압생트와 카페 테이블〉에서는 알코올이 선사하는 감미로운 도취감과 서늘한 공포가 느껴진다. 빈센트는 압생트를 즐겨 마시면서도 중독될지도 모른다는 공포감을 자주 느꼈는데, 화면 중앙을 압도하고 있는 술병이 압생트를 상징하는 것으로 보이기도 한다.

히로시게의 작품은 빈센트가 열광하던 일본화의 장점이 압축돼 있다. 바로 극도의 간결함과 단순성이다. 억수같이 내리는 비는 간단명료한 평행선으로 묘사되어 있고, 인물들의 윤곽선은 망설임 없이 날렵하게 처리되어 있다.

〈일본풍: 빗속의 다리(히로시게 작품 모작)〉
캔버스에 유채, 73.5×53.8cm, 1887, 반고흐미술관, 암스테르담

안도 히로시게, 〈대교: 아타케에 갑자기 쏟아진 소나기〉
니시키에 판화, 75.7×45.4cm, 1859, 기메국립아시아미술관, 파리

이런 기술은 매우 간단해 보이지만, 실제로 화폭에 표현하기는 매우 까다로운 것이다. 그는 히로시게의 그림을 모작하면서, 원작의 날카로운 윤곽선을 붓으로 좀 더 부드럽게 표현했다.

그림 테두리의 한자는 히로시게의 원작보다 훨씬 많아졌다. 이 한자 이미지는 다른 일본 그림에서 차용한 것이며, 마치 액자의 테두리처럼 과감하게 표현되었다. 원작과 사뭇 다른 색채를 적극적으로 사용한 점도 눈에 띈다. 일본 목판화의 원래 색채와는 달리, 빈센트는 특유의 강렬한 보색대비를 활용하여 색채를 재배열한다. 이런 대목에서 빈센트의 창조적 재해석이 눈에 띈다.

빈센트는 테오에게 편지를 쓰면서 일본화의 장점을 이렇게 설명한다. 일본 사람들에게 부러운 것은 모든 것이 선명하다는 점이라고. 이런 선명함은 결코 지겨워지는 법이 없다고. 바로 이런 선명성은 서둘러서 나온 결과물이 아니라 매우 여유로운 삶에서 우러나온 것처럼 보인다. 빈센트의 눈에 비친 일본인들의 작품은 숨 쉬듯이 단순하고 자연스럽게 보인다. 이런 단순함과 여유로움은 개성이 뚜렷한 인물화를 그리기 위한 노력의 결실이기도 했다.

또한 빈센트는 렘브란트로부터 어떻게 하면 어둠 속으로 빛을 끌어들일 수 있는가를 배웠다. 빈센트는 편지 곳곳에서 렘브란트의 그림에 감탄한다.

어제 내가 알지 못했던 렘브란트의 작품을 커다란 흑백사진으로 봤는

데, 정말 대단하더구나. 여인의 두상을 그린 작품이었지. 빛은 여인의 가슴, 목, 볼, 코와 턱에 드리워져 있고, 이마와 눈은 붉은색으로 짐작되는 깃털이 달린 큼지막한 모자의 그림자 속에 파묻혀 있는 그림이란다. 인물의 배경은 어둡게 처리되어 있고, 여인은 신비로운 미소를 짓고 있어. 무릎에는 사스키아가 앉아 있고, 손에는 와인 잔을 들고 있는 렘브란트의 자화상을 떠올리게 하는 그림이었어.

- 테오에게 쓴 편지

아직 전업 화가가 되기 전인 1877년에 빈센트는 이렇게 썼다. "땅바닥은 어두운데, 하늘은 아직 남아 있는 태양빛으로 밝게 느껴진다. 해가 이미 졌음에도 불구하고, 하늘은 아직 밝다. 줄지어 늘어선 집들과 탑들 위로 아직 남아 있는 태양빛이 모든 창문들을 통해 샅샅이 스며들고, 모든 사물들은 물에 반사되어 반짝거린다." 빛에 대한 빈센트의 이런 예민한 감수성은 렘브란트의 그림을 연구함으로써 더욱 민감해진 것으로 보인다. 빈센트는 자연을 섬세하게 관찰하는 시선, 인간이 품은 감정을 극도로 섬세하게 표현하는 기술 또한 렘브란트로부터 배우고 싶어 했다.

〈천사의 반신상〉은 렘브란트의 특정 작품을 모작했다기보다 렘브란트풍의 이미지에서 영감을 받아 독창적으로 채색하고 형태를 빚어낸 것으로 보인다. 렘브란트의 그림에서는 이런 밝은 스카이블루 계열의 색채가 잘 보이지 않는데, 빈센트는 자신이 좋아하는 푸른색 계열의 색채를

〈천사의 반신상〉
캔버스에 유채, 54×64cm, 1889, 개인 소장

다양하고 과감하게 사용하면서 천사의 순수하고 해맑은 미소를 더욱 화사하게 강조하는 효과를 내고 있다. 빈센트는 이렇듯 모작을 넘어선 제2의 창작을 통해 자신만의 작품 세계를 조금씩 구축해나가고 있었다. 언제 발작이 찾아올지 모르는 가장 고통스러운 순간에조차, 그는 더 나은 예술가가 되기를 꿈꾼 것이다.

아무 조건 없이
온전히
사랑받는다는 것

—

마음이 울적할수록 그의 그림은 더욱 환한 색채로 빛났다. 너무나 쓸쓸하고 우울했기에, 더더욱 따스하고 환한 구원의 이미지가 필요했던 것이 아닐까? 1888년 크리스마스를 앞둔 어느 날, 빈센트의 우울은 극에 달했다. 간신히 함께하게 된 고갱이 떠날지도 모른다는 공포, 요하나와 사랑에 빠진 테오가 언제 도움의 손길을 거둘지도 모른다는 두려움, 그리고 모두가 기쁨에 가득 찬 미소를 지어야 할 것 같은 크리스마스가 가까워오면 항상 찾아오는 더 깊은 우울 때문이었다. 그해 여름 이후 끊임없이 빈센트를 사로잡은 따스한 구원의 이미지는 아기를 안은 어머니의 모습이었다. 거의 유일하게 변함없이 모델이 되어주었던 룰랭 가족의 아기, 마르셀은 빈센트에게 '아무 조건 없이 온전히 사랑받는다는 것'이 무엇인지 알 수 있게 해주는 존재였다.

아무것도 모른다는 듯 천진한 눈빛으로 화면 밖을 말똥말똥 바라보고 있는 아기 마르셀은 빈센트를 사로잡은 조건 없는 사랑의 이미지였다. 그저 아기라는 이유 하나로 소중하고 빛나는 존재임을, 빈센트는 가슴 깊이 느꼈던 것 같다. 그는 룰랭 부인과 아기 마르셀을 통해 자신이 받지 못한 사랑, 미처 온전히 경험하지 못했던 사랑의 이상향을 찾고 싶었던 것으로 보인다.

빈센트는 아기를 안은 엄마의 그림에 자신으로부터 도망치려는 고갱의 마음을 붙잡고 싶은 마음을 투영하기도 했다. 언제 고갱의 부인이 아를로 쳐들어와 고갱을 데려갈지 모른다는 공포를 느꼈던 빈센트는, 고갱이 자신을 이 사랑스러운 아기처럼 바라봐주기를 꿈꾸었는지도 모른다. 하지만 처음부터 빈센트보다 화상 테오의 수완에 관심이 많던 고갱은 빈센트의 '지나친 사랑'이 부담스럽기만 했다. 빈센트가 고갱에게 바라는 아버지 같은 사랑, 큰형 같은 우정, 자애로운 스승 같은 이미지는 모두 고갱에게는 감당하기 버거운 덕목이었다.

빈센트는 자식을 사랑스럽게 돌보고 있는 어머니의 모습에 유난히 약했다. 그가 평생 받지 못한 사랑이 깃들어 있기 때문일 것이다. 인간이 지닌 최고의 아름다움, 인간이 신성함에 다다르는 최고의 길은 엄마와 아기가 함께 있는 모습이었다. 빈센트는 시엔과 동거하면서, 그녀가 낳은 아이들에게 무척 다정하게 대해주었고, 기꺼이 아버지가 되어주리라 마음먹었을 정도로 그들을 아꼈다. 그 소식이 빈센트의 부모에게 알려지자, 그들의 짧았던 행복은 산산조각 나고 말았다. 하지만 아기를 안은 어머니의 평화로운 이미지는 빈센트에게 변함없는 원체험으로 남아 '언젠가는 꼭 제대로 그리고 싶은 그림'의 목록에 항상 들어가 있었다.

우체부 룰랭의 딸 마르셀이 태어난 뒤 다섯 달 동안, 빈센트는 룰랭의 부인 오귀스탱을 반복해서 그리며 이상적인 모자상의 이미지를 머릿속에 새기곤 했다. 그것은 세 가지가 결합된 이미지이기도 했다. 성모 마리아와 아기 예수의 평화로운 이미지, 우체부 룰랭 부인과 아기 마르셀의 실제 이미지, 그리고 빈센트의 가슴속에 항상 이루지 못한 꿈으로 남아 있는 '자신의 이상적 가족'의 이미지였다. 그는 룰랭 부인과 마르셀의 그림을 통해 자신이 상상할 수 있는 가장 따스한 위로의 이미지를 그림에 새겨 넣고 싶었다.

그에게 룰랭 부인은 살아 있는 성모 마리아처럼 다정하고 환상적인 모성의 상징이었다. 〈룰랭 부인과 아기〉는 아기의 귀여운 모습에 초점이 맞춰져 있는데 다른 그림은 부인의 따스한 품과 자애로운 미소에 초점이 맞추어져 있다. 평화로운 치유와 자연스러움의 상징인 초록을 룰랭 부인의 주요 색채로 선택한 것 또한 의미심장하다. 초록은 생기 넘치는 볼의 주홍빛과 함께 강렬한 보색대비를 이루며 그녀의 생명력과 온화함을 극대화하는 효과를 발휘하고 있다.

빈센트는 그렇게 사랑받지 못한 아들, 위로 받지 못한 아이, 보살핌을 받지 못한 고아처럼 느껴온 자신의 마음을 성경이나 문학을 통해 위로받곤 했다. 그리고 직접 그린 그림을 통해서는 사랑받지 못한 자신의 결핍을 보상받을 수 있었다. 아기를 재우는 룰랭 부인의 이미지는 그가 받고 싶던 사랑의 본질을 의미하며, 시엔을 통해 잠시나마 느낄 수 있던 따스한 구원의 이미지이기도 했다.

〈룰랭 부인과 아기〉
캔버스에 유채, 63.5×51cm, 1888, 메트로폴리탄미술관, 뉴욕

〈그는 바다에 있다〉
캔버스에 유채, 66×51cm, 1889, 개인 소장

〈그는 바다에 있다〉는 생레미의 요양원에 있던 시절의 작품이다. 그는 간절히 원했던 위로와 평화의 이미지를 브르통의 그림에서 찾았던 것 같다. 항상 평화로운 모자상에 매혹되었던 빈센트는 브르통의 그림을 모델로 삼아 불가에서 몸을 녹이며 아기를 포근하게 안고 있는 어머니의 모습을 그렸다. 빈센트의 어머니는 빈센트가 귀를 자르고 아를의 병원에 입원했을 때도, 생레미의 요양원에 홀로 있을 때도, 그가 총상을 입어 마지막 길을 갈 때조차 큰아들 곁에 오지 않았다. 큰아들에게는 늘 실망감을 숨기지 못했던 어머니는 대신 테오에게 무한한 사랑을 쏟고 싶어 했다.

테오는 항상 팽팽한 긴장감 속에 대치하고 있던 부모님과 형을 중재하려 했지만 어느 순간 한계를 느꼈을 것이다. 빈센트가 아를의 병원에 입원했을 때도, 두 시간 남짓 짧게 빈센트를 면회하고는 도망치듯 아를을 떠났다.

요하나와 결혼을 약속한 뒤 빈센트를 향한 테오의 마음이 멀어진 것은 빈센트의 근거 없는 억측이 아니었다. 사랑에 빠진 테오는 이제 자신만의 안정된 가족을 만들고 싶었으며, 더 이상 미래가 보이지 않는 형에게 후원하는 일에 자신의 인생을 걸 수는 없었다.

극에 달한 고립감 속에서 빈센트는 틈날 때마다 이상적인 모자상을 그리기 위해 분투했다. 하지만 이런 시도는 빈센트의 〈별이 빛나는 밤〉이나 〈밤의 카페테라스〉에 비하면, 화가 자신이 원하는 만큼의 성공을 거두지는 못한 것 같다. 그는 아기를 안은 어머니의 손을 그리는 데 심각한 어려움을 겪었고, 자신의 소묘 실력이 모자라다고 느꼈다. 하지만 이면에는 한 번도 그런 사랑을 제대로 받아본 적이 없다는 깊은 좌절감 또한 애잔한 슬픔과 함께 짙게 깔려있는 것처럼 보인다.

때로는
기다림이
너무 길어
지치기도 했지만

―

아직 목회자가 되려는 꿈을 접지 않았던 20대 시절. 빈센트는 잠시 브뤼셀에 머무는 동안 브뤼셀 왕립미술관에서 작품을 감상한 적이 있었다. 아쉽게도 브뤼셀에 체류하는 동안 썼던 빈센트의 편지들은 대부분 사라졌지만, 유일하게 남은 편지에 중요한 내용이 들어 있다. "미술은 진정으로 풍요롭단다. 내가 보았던 것을 그대로 기억할 수만 있다면, 결코 머릿속이 텅 비거나 완전히 외로워지지는 않는단다. 우린 결코 혼자가 아니야." 빈센트는 미술을 통해 자신이 혼자가 아니라는 것을 깨달았고, 과거에 보았던 작품을 제대로 기억하는 행위만으로도 영혼이 이루 말할 수 없이 풍요로워졌으며 이를 생생히 기록하고 있다. 테오가 형을 만나기 위해 브뤼셀로 찾아왔을 때 형제는 함께 그림을 감상하고 복제화를 세심히 살펴보며 행복한 시간을 보냈다. 빈센트에게는 미술을 통해 테오와 속 깊은 대화를 나눌 수 있는 시간이 세상 무엇보다 소중했다.

빈센트를 사로잡은 또 하나의 이미지는 바로 '다리'였다. 아를의 랑글루아 다리는 빈센트가 여러 차례 묘사하며 작품마다 매우 개성 있는 차이를 포착해낸 흥미로운 오브제였다. 빈센트가 랑글루아 다리를 묘사한 작품 중 남아 있는 것은 총 여덟 점이다. 빈센트는 랑글루아 다리를 그리면서 우키요에의 영향을 받은 기법을 십분 활용하는가 하면 주변의 날씨 변화나 빛의 각도에 따라 끊임없이 달라지는 풍경의 묘미를 최대한 살려 화풍을 실험하기도 했다.

일본 목판화로부터 받은 영향은 조화롭고 절제된 느낌을 주는, 단순한 색채의 과감한 활용법에 드러난다. 명도가 높은 노란색과 파란색이 분명한 대조를 이루며 더욱 선명해지고 그림 전체에 생기를 북돋워준다. 단지 물감을 두껍게 '칠한다'기보다 캔버스에 '겹겹이 얹거나, 쌓아 올린다'는 느낌을 주는 빈센트 특유의 임파스토(impasto)에서, 물감을 겹쳐 두껍게 칠하는 기법이 자신감 있게, 자유자재로 구사되고 있다.

빈센트가 가장 좋은 컨디션을 유지할 때는 무언가를 간절하게 기다릴 때였다. 때로는 기다림이 너무 길어 지치기도 했지만, 기다림 속에서 자신을 단단하게 벼리는 빈센트의 모습이 잘 드러난 그림들이 바로 아를 시절의 작품들이다. 빈센트는 고갱이 오기를 자나깨나 기다리고 있었다. 고갱과 함께한 나날은 겨우 9주 정도에 불과했지만, 그가 고갱과 함께하겠다고 마음먹고 기다린 시간, 고갱이 떠난 이후에도 포기하지 않고 다시 함께하기를 원했던 시간 전체가 빈센트 자신의 화풍을 만들어가는 시기에 포함될 수 있다. 그중에서도 고갱이 아를에 오기 직전, 랑글루아 다리를 그리며 그를 기다리던 시간, 빈센트의 마음속에서는 그야말로 설렘과 기대감이 가득했다. 빈센트의 인생에서 가장 밝고 환한 노란색이 많이 쓰이던 시절, 그것은 고갱을 기다리던 시절이었다. 랑글루아 다리에서도, 해바라기에서도, 빈센트의 노란색은 열정과 기다림, 설렘과 환희로 가득 찬 화가 자신의 심리 상태를 거울처럼 비추어준다. 기다림조차 눈부신 환희의 순간이 되던 순간이었다.

테오는 예술과 대중의 거리를 좁히는 메신저 역할을 하는 자신의 일을 사랑했지만, 능력에 비해 좋은 대우를 받지는 못하고 있었다. 결혼과 출산 이후, 더 빠듯해진 살림으로 걱정하던 테오는 건강까지 악화되면서 곤궁에 시달리게 되는데, 이때 구필상사에 최후통첩을 하게 된다. 자신에게 더 좋은 대우를 해주지 않는다면 그만두겠다고.

하지만 회사 측에서는 유능한 화상이었던 테오의 마지막 외침을 무시해버리고, 테오는 깊은 절망에 빠지고 만다. 독립하는 방법도 있었지만, 그것은 엄청난 자본이 필요한 일이었다. 테오의 곤경을 알고 있던 빈센트는 자신과 함께 오베르쉬르우아즈에서 지내면서 그림을 그리며 살아가자고 설득하지만, 테오로서는 불가능한 선택이었다. 요하나가 테오와 함께 산 뒤부터 빈센트와 테오 사이가 예전 같을 수는 없었지만, 세 사람은 서로가 서로에게 '소통의 다리'가 되어주는 관계를 맺기도 했다. 요하나는 처음에 동생이 형의 생활비를 대주어야 하는 관계를 납득하기 어려웠지만 빈센트가 죽은 뒤 그의 작품을 세상에 알리는 데 결정적인 역할을 했다.

〈랑글루아 다리〉
캔버스에 유채, 59.6×73.6cm, 1888,
반고흐미술관, 암스테르담

요하나는 빈센트의 편지를 책으로 내는 데 앞장섰고, 빈센트의 그림이 좋은 평가를 받을 수 있도록 백방으로 노력했다. 테오는 빈센트가 죽은 뒤 마치 자신의 일부가 떨어져나간 것처럼 괴로워했지만, 시시각각 다가오는 질병의 고통 속에서도 형의 작품을 세상에 알리기 위한 노력을 게을리하지 않았다. 빈센트의 작품을 가장 먼저 극찬한 평론가 오리에에게 빈센트의 위대성을 더욱 잘 알리기 위해 편지를 썼고, 빈센트가 평생 꿈꾸었던 대규모 전시회를 열기 위해 분투했지만 안타깝게도 꿈을 이루지 못했다. 하지만 오랜 시간이 지나 테오의 아들이 아버지의 꿈을 실현시킬 수 있게 되었다. 요하나는 빈센트의 작품을 팔기도 했지만, 아들 빈센트에게 많은 그림을 유산으로 남겼다. 테오의 아들 빈센트는 장성하여 빈센트의 그림을 암스테르담 반고흐미술관에 기증했고, 이제 전 세계 사람들이 빈센트의 작품들을 이곳에서 볼 수 있게 되었다.

빈센트는 고통 속에서도 그림을 포기하지 않았고, 캔버스라는 거대한 밭에 언제 자랄지 모르는 씨앗을 뿌리는 마음으로 하나하나 그림을 완성해간 열정은 사람들에게 창조적 영감을 불러일으키고 있다. "나는 씨앗을 뿌리는 사람이다. 앞만 보며 살아가는 사람들은 눈앞에 주어진 많은 밭에 씨를 뿌리기를 거부하지만, 씨 뿌리는 사람의 힘겨운 노동을 통해 그 밭들은 위대한 결실을 맺는다. 씨 뿌리는 사람은 어느 자식도 포기하지 않을 것이다." 빈센트가 브뤼셀에 머무는 동안 써놓은 기도문 중의 한 대목이다. 빈센트의 작품들은 그렇게 화가 자신이 뿌려놓은 희망과 사랑을 품은 씨앗의 위대한 열매가 되었다.

〈트랭크타유의 다리〉
캔버스에 유채, 73.5×92.5cm, 1888, 개인 소장

노동하는
인간의 고통은
고스란히
내 것이 되고

—

　　　　　　힘겹게 몸을 써서 일하여 하루하루 살아가는 사람들에 대한 애착은 빈센트의 작품 세계에서 평생 지속되는 원초적 감정이었다. 벨기에 남부의 보리나주 탄광촌에서 목숨을 걸고 석탄을 캐며 간신히 생계를 꾸리는 노동자들과 함께 생활한 시절이 빈센트의 삶에서 가장 큰 전환점이라고 할 수 있다. 빈센트는 그 시절에 '목회자'와 '화가' 사이에서 갈등했고, '그림으로 돈을 버는 화상'과 '일상을 초월한 예술가' 사이에서 흔들렸으며, '평범한 삶'과 '구도자의 삶' 사이에서 방황하기도 했다. 그는 결국 목회자가 아닌 화가를, 화상이 아닌 예술가를, 평범한 삶이 아닌 구도자의 삶을 선택했다. 이때 결정적인 역할을 한 것이 바로 광부들과 생활한 경험이었다. 그것은 단순한 연민이 아니었다. 빈센트는 광부들의 비참한 노동조건과 열악한 생활상을 가까이서 지켜보고, 부상자들을 간호하고, 그들을 위해 기도를 올리면서 인간의 조건에 대한 원초적인 물음을 던진 것이다. 왜 수많은 사람이 단지

〈아를의 붉은 포도밭〉
캔버스에 유채, 73×91cm, 1888, 푸시킨시립미술관, 모스크바

살아남기 위해 이토록 고통받아야 하는가. 왜 인간의 힘겨운 노동이 어디서도 제대로 가치를 인정받지 못하는 것인가.

노동하는 인간의 고통은 이제 고스란히 빈센트 자신의 것이 되어 버렸다. 예술은 인간의 잠재력을 최고로 실현하는 도구이기도 하지만, 인간의 에너지를 아낌없이 쏟아 붓는 엄청난 노동이기도 하다. 빈센트는 그림을 그리는 노동을 통해 자신의 가치를 인정받고 싶었지만, 물심양면으로 테오에게 지는 빚은 늘어만 갔다. 자신이 가진 최고의 자본, 화가의 재능을 화폐로 바꿀 수 있는 길을 찾았지만, 일생동안 그 길은 멀고 험하기만 했다. 하지만 빈센트는 끊임없이 노동의 가치를 예찬하는 그림을 그렸다.

〈아를의 붉은 포도밭〉을 보고 있으면 포도밭에 물든 붉은빛이 마치 농부들이 고된 노동으로 인해 흘린 핏자국처럼 느껴진다. 빈센트가 그린 붉은 포도밭에는 노동의 소중함에 대한 예찬과 함께 노동의 쓰라림이 함께 투영되어 있다. 빈센트는 원래 선천적으로 강인한 신체를 타고났지만, 작업이 잘 풀리지 않을 때마다 독한 압생트를 마시거나 담배를 많이 피움으로써 몸을 혹사했다. 30대 이후에는 중독에 가까운 음주 습관이 건강에 커다란 위협이 되었다. 그는 위대한 예술가이기 전에 고통받는 노동자였다. 그가 더 쓸 수 있는 자본은 자신의 육체뿐이었다.

빈센트의 초기작 〈짐을 나르는 인부들〉에는 아직 표현 기법은 충분히 여물지 않았지만 노동자를 바라보는 숨길 수 없는 연민과 열정이 소박하게 드러나 있다. 보리나주 탄광촌에서 2년간 노동자들과 함께 생활한 빈센트는 '목회자를 꿈꾸는 청년'에서 '어엿한 화가'로 변신해 있었다. 빈센트는 척박한 노동환경 속에서도 희망을 잃지 않는 사람들을 보며 커다란 감명을 받았고, 완벽한 비례와 화려한 색채가 아닌 평범한 노동자의 상처투성이 몸 자체에서 숭고한 아름다움을 발견했다. 그는 아름다움에 대한 인식 자체를 바꾸는 일생일대의 내적 전환기를 보리나주에서 경험했다. 구필상사의 화상으로 일하던 시절 빈센트의 미적 감각은 당시 유행하던 대중적인 그림들이나 위대한 종교화의 영향력에서 아직 완전히 자유롭지 못한 상태였다.

보리나주에 가기 전 빈센트는 아직 모든 것을 배우고 흡수하는 청년이었고, '이것이 내가 걸어가야 할 길이다'라는 식의 뚜렷한 자각을 하지 못한 상태였다. 하지만 아버지의 반대를 무릅쓰고 보리나주에 정착한 뒤로는 '아버지처럼 훌륭한 목사가 되겠다'고 결심했던 과거로부터 벗어나기 시작한다. 빈센트는 아버지의 눈, 종교의 눈, 또는 화상의 눈을 벗어나 '예술가의 눈'으로 세상을 바라보기 시작했다. 많은 사람들이 고통으로 얼룩진 암울한 미래밖에 볼 수 없었던 보리나주에서 그는 노동하는 인간의 숭고함을 발견해낸다.

나는 이것이 빈센트의 진정한 내적 재능이라고 생각한다. 모두가 기피하는 장소에서조차 위대한 예술가적 영감을 찾아내는 것. 나아가 모두가 '아름답지 않다'고 생각하는 곳에서 자신만의 독특한 아름다움을 길어올리는 창조적 시선이야말로 빈센트를 견인하는 내적 원동력이었다. 그는 '이 사람들에게 감동적인 설교를 해서 기독교를 전파해야겠다'는 생각을 바꾸어, '이 사람들이 살아가는 모습을 있는 그대로 그려야겠다'는 마음을 먹게 된다. 설교의 대상이었던 광부들이 이제 그림의 모델로 재탄생한 것이다. 종교인에서 예술가로 변신하는 과정은 너무도 고통스러운 길이었지만, 빈센트는 힘겨운 내적 고투를 통해 진정한 예술가로 거듭나게 된다.

청년 시절 빈센트는 안정된 삶을 꾸리는 목사의 아들이었지만, 탄광촌에서 노동자들과 함께 사는 동안에는 안락한 생활 습관을 버리고 진심으로 노동자들 속으로 들어가 그들의 한숨과 눈물을 함께하려 했다. 빈센트는 극도로 절제된 음식, 최소한의 소비만으로 만족하기 위해 노력했다. 고된 노동과 끔찍한 질병으로 죽어가는 광부를 마치 가족처럼 간호하며 깊은 슬픔에 빠지기도 했다.

하지만 이런 노력은 탄광촌에서 인정받지 못했다. 보리나주의 선교위원회는 '선교사가 될 만한 자질이 부족하다'는 이유로 그를 사실상 쫓아냈기 때문이다. 꿈 많은 청년 빈센트에게는 너무도 커다란 충격이었다. 하지만 훗날 '화가가 된 빈센트'의 입장에서 본다면, 이 충격적인 실패는 그의 인생에 역설적인 전환점이 될 수 있었다. 그가 만약 훌륭한 목회자로 인정받고 선교사나 목사가 되었다면, '화가 빈센트'는 탄생하지 않았을 것이다.

노동하는 인간의 아름다움에 대한 예찬, 일하는 사람들이 행복해지는 세상에 대한 유토피아적 갈구. 그것은 빈센트 예술의 원동력이 되었다. 빈센트는 진심으로 염원했다. 가장 힘들게 사회 밑바닥에서 일하

〈올리브나무 숲〉
캔버스에 유채, 74×93cm, 1889, 예테보리미술관

는 사람들이 그들의 가치를 인정받고 행복한 삶의 주인공으로 거듭날 수 있기를. 빈센트가 올리브 따는 사람들, 씨 뿌리는 사람들, 밀밭에서 추수하는 사람들을 그리면서 한결같이 추구했던 것은 바로 '일하는 사람들이 아름다운 세상'이었던 것이다.

격렬한 감정을
있는 그대로
표현하기 위해

—

빈센트의 작품에서 우리를 놀라게 하는 힘은 주로 '색채의 파격'에서 우러나온다. 아주 평범한 오브제를 묘사할 때조차 빈센트는 안에서 꿈틀거리고 있는 경이로운 색채의 배합을 발견해낸다. 지극히 단순해 보이는 '뒤집힌 게' 그림에서 엄청나게 역동적인 색의 스펙트럼을 끄집어낸다. 작은 게 한 마리를 그릴 때조차 변화무쌍한 색채의 리듬을 있는 힘껏 표현하는 데 인색하지 않았다. 접시에 놓인 감자들을 그릴 때조차, 빵과 포도주 같은 일상적인 정물화의 소재를 그릴 때도, 빈센트는 전형적인 사실주의적 색채가 아니라 자신의 눈에만 보이는 색채의 배합을 독창적으로 유감없이 표현했다.

그림의 여러 요소 중에서도 유독 색채의 표현 효과에 주목했던 빈센트의 화풍에 가장 커다란 영향을 끼친 화가는 바로 들라크루아였다. 그림의 주제라는 측면에서 가장 큰 영향을 준 사람이 밀레였다면, 기법의 측면에서 가장 큰 영향을 준 사람이 들라크루아였다.

〈뒤집힌 게〉
캔버스에 유채, 38×46.8cm, 1887,
반고흐미술관, 암스테르담

빈센트는 들라크루아의 과감한 색채 활용에 열광했고, 들라크루아야말로 색채만으로 그림의 상징 언어를 구사할 줄 아는 최고의 화가라고 믿었다. 빈센트는 믿었다. 들라크루아는 색채라는 화가의 언어를 통해 열정적이고 영원한 무언가를 표현해내고 있었다고. 그것은 빈센트 자신이 그림 속에서 이루어낸 꿈이기도 했다.

〈뒤집힌 게〉는 고갱과 함께하던 나날에 어린 추억과 연관된 것으로 보인다. 빈센트는 혼자 밥 먹고 혼자 잠들고 혼자 그림을 그리는 일을 힘들어했다. 그래도 행복했던 나날, 빈센트는 생활비를 줄이고 고갱과 함께 밥상 공동체를 경험하는 의미에서 함께 요리를 하고 싶어 했지만, 실제로는 요리 솜씨가 없었다. 놀랍게도 고갱은 빈센트의 제안에 응해주었다.

빈센트는 한 번 그림을 그리기 시작하면 오직 담배와 커피만으로 사나흘을 버티면서 식사도 제대로 하지 않는 일상을 반복했다. 그러다 보니 아무리 강인한 체력을 타고났어도 몸이 나빠지지 않을 수 없었다. 고갱은 뛰어난 요리 솜씨로 빈센트를 행복하게 해주었다. 물론 빈센트가 직접 수리한 부엌은 좁고, 조리 도구나 양념, 재료도 부족했다. 그러나 빈센트가 장을 보고 고갱이 요리를 하는 시간은 지극히 짧았지만 잊을 수 없는 행복의 순간이었다.

빈센트는 고갱의 요리 솜씨에 놀라 '최고의 요리사'라는 칭찬을 퍼부었다. 고마움에 보답한다면서 자신도 요리를 하기도 했지만, 솜씨가 형편없음을 인정할 수밖에 없었다. 고갱은 "빈센트의 요리는 그가 그린 그림을 닮아서, 온갖 다양한 색채로 뒤죽박죽이 되곤 했다"고 회상 했다. 빈센트에게 음식이 어쩔 수 없이 섭취해야 할 활동의 연료 같은 것이었다면, 고갱에게 음식은 영혼의 갈증을 채워주는 예술에 비견될 만한 것이었다. "요리를 잘하기 위해서는 고결한 영혼, 솜씨 좋고 재빠른 손, 그리고 대담한 마음이 있어야만 한다"고 했을 정도로, 고갱은 요리에 커다란 의미를 부여했고 실제로 훌륭한 요리 솜씨를 발휘했다. 이 그림은 빈센트가 고갱을 위하여 사온 게를 그린 것이 아닐까?

빈센트가 추구한 색채는 상상 속의 화려함이 아니라 바로 지금 자신이 보고 있는 대상에서 우러나오는 빛에 비견된다. 그는 상상의 대상이 아닌 구체적인 인물이나 자연을 그린 미술, 성자를 찬양하는 미술이 아니라 살아 있는 농민의 구체적인 생활을 묘사한 미술을 추구했다. 수수께끼나 신비로 남는 미술이 아니라 바로 지금 여기의 관객에게 감동과 충격으로 다가가는 미술, 스테인드글라스에서 빛나는 찬란한 신앙의 미술이 아니라 만질 수 있는 캔버스에 그리는 생생한 물감의 미술을 꿈꾸었다. 무엇보다 빈센트가 중시한 것은 인간의 감정을 생생하게 묘사하는 미술이었다. 빈센트는 좌절과 비통함, 열정과 그리움, 사랑과 우정을 그림에 담기를 원했다. 인간이 느끼는 모든 감정을 그림에 담아낼 수 있기를 원했다. 또한 원래 있는 감정만이 아니라, 타인이 느껴보지 못한 감정을 그림을 통해 일깨우는 힘이 있는 그림이지만 음악적인 리듬과 하모니가 느껴지는 생생한 마력을 지닌 그림을 원했다. 그는 자신이 느끼는 격렬한 감정을 있는 그대로 생생히 표현하기 위해 색채를 자유자재로 활용했다. 고갱과의 공동생활을 한 기간은 짧았지만, 그와 함께 하는 동안 빈센트는 눈부신 발전을 이루었다.

빈센트는 현실의 모습에 자신의 상상을 더하여 그리는 게 아니라, '자신의 눈에 비친 현실'을 있는 그대로 그리고 있다고 생각했다. 화가가 그림을 창조한다기보다 자연 속에 이미 존재하는 것을 발굴해낸다고 믿었다. 자연 속에 갇혀 있는 어떤 이미지나 힘, 느낌과 분위기를, 화가는 이끌어내고 길어 올리는 것이었다. 그는 베르나르에게 이렇게 편지를 썼다. "렘브란트가 천사를 그릴 때, 그는 천사를 창조한 게 아니야. 자신의 마음으로 천사를 느낀 거야. 그의 곁에 존재하는 천사를 있는 그대로 느낀 거라고." 빈센트는 어느 순간 인생의 자잘한 가치들이 덜 중요해지고, 자신의 인생에 오직 그림만이 남았다는 것을 깨달았다. 테오에게 보낸 편지에서 빈센트는 이렇게 쓴다.

내 인생의 목표는 최대한 많이, 최대한 잘 그려보는 거야. 그렇게 최선을 다해 그리고 나서는, 인생의 종착역에서 뒤돌아보고 싶구나. 애정을 담아, 그리고 약간의 반성을 담아, 내 인생을 되돌아보면서, 내가 미처 그리지 못한 그림들을 아쉬워하면서 죽어가고 싶어.

- 테오에게 쓴 편지

〈빈센트의 의자〉
캔버스에 유채, 91.8×73cm, 1888, 내셔널갤러리, 런던

쇠창살 너머에서
눈부신
희망의 빛줄기가
비추다

⎯

"매미가 서럽게 우는 소리를 듣고 있으면, 우리 고향에서 농부들이 화롯가에서 귀뚜라미 소리를 듣는 것처럼 운치 있단다. 테오야. 이렇게 사소한 느낌들이 우리 인생을 밝혀준다는 것을 잊지 말자." 생레미의 요양원에서 지내던 시절 빈센트가 테오에게 보낸 편지다. 매미 세 마리를 그린 스케치와 함께. 이 시절 빈센트는 확실히 나아지고 있었다. 육체적인 면에서나 정신적인 면에서나, 빈센트는 생레미에 머무르는 동안 안정되어가고 있었다. 여전히 언제 발작이 다시 일어날지 몰라 두려워하긴 했지만, 자신과 비슷한 발작 증상을 앓고 있는 사람들을 가까이서 지켜보며 자신의 아픔에 익숙해지고 있었다. 아를에서 고갱과 이별한 후라 뼈아픈 좌절을 곱씹어야 하는 시기였지만, 이때 그림들은 놀라운 진전을 보이고 있다.

아를에서의 색채와 기법의 실험은 고갱과의 떠들썩한 관계 속에서 과도기 양상을 띠고 있었다. 하지만 생레미에서 고요한 작품 활동을 통해 빈센트는 완숙한 경지에서 자신의 기법을 안정감 있게 실험하고 있는 것으로 보인다. 내면에서는 격정과 분노, 우울과 좌절감이 시도 때도 없이 엄습했고, 발작의 고통 속에서 물감이나 테레핀유를 마셔버리는 사고도 일어났다. 하지만 어떻게든 진정하려고 노력했고, 그러한 내면의 고투 속에서 생레미 시절의 걸작들이 태어났다.

아를 시절의 그림에서는 일본 판화의 영향이 직접 드러난 강렬한 색채의 조합이 자주 보이는데, 생레미 시절의 작품에서는 사물 자체에 본래 내재한 색채를 끌어내 담담하게 묘사하려는 경향이 보인다. 물감을 다양하게 사용하기보다는 비슷한 색채들 안에서 명도와 채도를 조절하여 사물에 깃든 색채의 신비를 더욱 강렬하게 끌어내는 느낌이다. 눈부시게 작열하는 생레미의 태양이 비치는 세상은 온통 황금빛으로 물들었고, 유난히 강렬한 생레미의 태양광 아래서 빈센트는 색채를 다시 바라보는 마음의 훈련을 했을 것이다. 새로운 색채의 발견, 그것은 생레미에서 힘겹게 고투하는 가운데 얻은 소중한 수확이었다. 빈센트는 테오에게 보낸 편지에서 이렇게 쓴다.

나는 이렇게 지내면서 또다시 그림을 그리고 있다. 그러나 나는 결코 굴복하지 않아. 또 한 번 새로운 작품에 도전할 거야. 나는 이제 이렇게 믿고 있어. 또다시 새로운 광채에 매혹되고 있다고.

– 테오에게 쓴 편지

생레미 시절 빈센트는 이전과 비슷한 소재를 그리면서도 이를 특유의 기법과 주제의식으로 완전히 자기화하는 작업에 몰두한다. 대표적인 것이 바로 밀밭에서 추수하는 농부의 이미지였다. 이 시기의 밀밭과 농부는 이제 밀레의 영향을 완전히 벗어나 '빈센트의 밀밭, 빈센트의 농부'라 할 만한 창조적 진전을 보여준다. 농부의 노동에서 평화롭고 이상적인 전원의 이미지를 추구했던 밀레와 달리, 빈센트는 더욱 단순하면서도 강렬한 것을, 단순하기 때문에 처절하게 아름다운 생명의 이미지를 추구한다.

빈센트는 노동의 신성한 아름다움을 강조하려 했던 과거의 밀밭이나 농부 이미지에서 벗어나, 농부의 이 힘겨운 노동 속에서 섬광처럼 피어오르는 죽음의 이미지를 함께 포착한다. 그것은 죽음과 같은 고통을 동반하는 노동의 이미지이고, 농부가 베고 있는 밀이 곧 인류일 수도 있다는 깨달음에서 온 발상의 전환을 보여주는 것이기도 했다.

요새 나는 아주 열심히 작업에 몰두하고 있어. 밀을 베는 농부의 이미지와 싸우고 있다. 이 그림은 온통 노란색으로 뒤덮여 있어. 아주 두껍게 물감을 칠했고, 그림의 주제는 지극히 단순하고 아름다워. 농부는 낫으로 밀을 베면서 땡볕 아래서 자신의 임무를 다하려고 애쓰고 있지. 온 힘을 다해 일을 하는 농부는 희미하게 그려져 있는데, 그가 베고 있는 밀이 곧 우리 인류라고 생각할 수도 있어. 그런 의미에서 이 그림은 죽음의 이미지로 보이기도 해.

〈요양원 내의 빈센트의 화실 창가〉
종이에 분필, 붓, 유성도료 그리고 수채화, 62×47.6cm, 1889, 반고흐미술관, 암스테르담

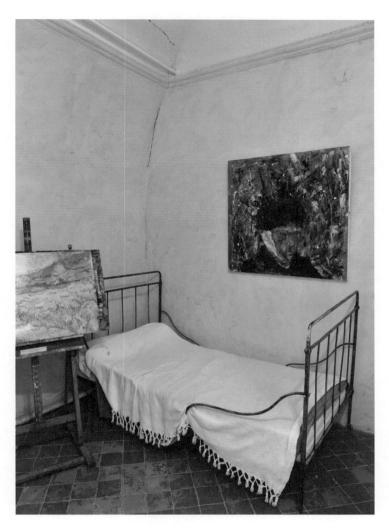

프랑스 생레미 요양원

이전에 내가 그렸던 씨 뿌리는 사람의 이미지와는 정반대라고 볼 수 있어. 하지만 이 죽음은 슬픈 것이 아니야. 타오르는 태양이 모든 것을 황금빛으로 물들이는 환한 대낮에 이루어지는 일이거든.

− 테오에게 쓴 편지

요양원 생활은 단조롭고 답답했지만 이때 빈센트는 자기 인생에서 가장 조용하고 차분하게 그림에 집중했다. 오직 자신에게 집중해야만 하는 시기였기 때문이다. 고갱이 오기를 기대할 수도, 테오가 와주기를 기대할 수도 없었다. 누군가와 함께하기를 간절히 바랐지만, 자신의 망가진 몸을 고쳐야만 했다. 그리고 발작이 더 심각해지면 그림 자체를 그릴 수 없으리라는 공포감이 빈센트를 더욱 긴장하게 만들었다. 빈센트는 언제까지 그림을 그릴 수 있을지 확신할 수 없었기에, 바로 이 순간에 집중하기로 했다. 극도로 긴장한 가운데 최대한 집중력을 발휘해 그린 작품들이기에 육체적으로는 힘들었지만 눈에 띄는 진전을 이룰 수 있었다. 그는 밀을 베는 사람의 이미지를 완성한 뒤 테오에게 이렇게 편지를 쓴다.

마침내 밀을 수확하는 농부의 그림을 다 그렸어. 아마도 너희 집에 두게 되겠지. 이 작품은 자연이라는 위대한 책이 우리 인간에게 건네주는 죽음의 이미지를 그린 거야. 그러나 이것은 어두운 것이 아니라 이제 막 웃음을 터뜨릴 듯 싱그럽게 피어나는 모습이고, 온통 황금빛으로 물들어 있지. 약간 보라색을 띠는 언덕 부분만 빼놓으면, 이 그림은 온통 엷은 노란색과 황금빛으로 가득 차 있단다. 좀 우습기도 하지. 이 건 내가 요양원의 쇠창살 너머로 바라본 풍경이니까.

- 테오에게 쓴 편지

이렇게 빈센트는 요양원의 쇠창살 너머에서조차 눈부신 희망의 빛줄기를 찾았다.

〈수확하는 사람〉
캔버스에 유채, 73.2×92.7cm, 1889, 반고흐미술관, 암스테르담

인생이 결코
우호적이지
않을 때조차
포기할 수
없는 것

—

빈센트의 인물화를 볼 때마다 내가 놀라는 점은 그가 '얼굴'뿐만 아니라 '감정'을 그리는 데 천재적인 재능을 발휘했다는 점이다. 그는 한 인물이 지닌 정서적 특징, 감정적 표현을 최대한 강렬하게 압축하여 인물화에 녹여 넣는다. 대표적인 사례가 바로 〈가셰 박사의 초상〉이다. 이것은 단지 사람의 얼굴로 보이지 않는다. 그는 사람의 얼굴을 넘어, 어떤 감정의 초상을 그린 것이 아닐까? 빈센트는 가셰의 초상을 통해 멜랑콜리의 극한을 그린 것 같다. 가셰를 통해 '당신이지만 나이기도 한 무언가'를 찾아낸 것이다. 가셰의 우울은 빈센트의 우울이었으며, 저 멀리 당신의 고통처럼 보이지만 사실은 알고 보면 너무도 익숙한 내 고통과 무척이나 닮은 감정이기도 했다.

　　빈센트는 사진처럼 똑같이 인물화를 그리려 한 게 아니라 고뇌로 가득한 인간의 영혼을 그리고 싶어 했다. 가셰의 초상을 보고 있으면, 대상의 마음 깊이 들어가 영혼을 그리려 한 빈센트의 열정이 느껴진다.

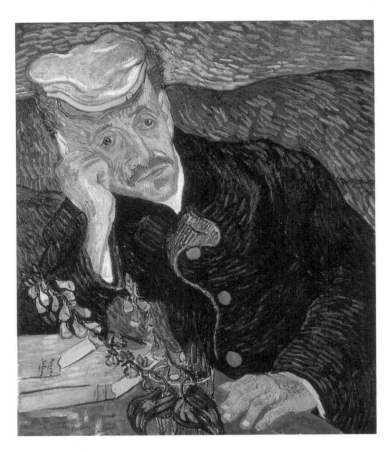

〈가셰 박사의 초상〉
캔버스에 유채, 67×56cm, 1890, 개인 소장

그는 테오에게 쓴 편지에서 이렇게 고백한다. "침울한 표정을 하고 있는 가셰 박사의 초상을 그렸단다. 다른 사람들이 보면, 인상을 잔뜩 찌푸리고 있는 것처럼 보이겠지. 하지만 나는 옛날의 정적인 초상화들에 비해 오늘날의 초상화가 훨씬 생생한 표정과 감정을 드러낼 수 있다는 것을 보여주고 싶어." 그는 서글퍼 보이지만 기품 있는 가셰의 성품을, 맑고 투명하면서도 지성미 넘치는 가셰의 성격을 그리고 싶어 했다. 빈센트는 자신이 10년만 젊었으면 좋겠다고 토로하며 젊음을 간절히 소망했다. "지금 알고 있는 모든 것을, 10년만 더 젊었을 때 알고 있었더라면, 얼마나 열정적으로 이 일에 전념할 수 있었을까."

빈센트는 고갱이 그린 〈올리브 동산의 예수〉에서 강한 영감을 받아 가셰의 초상을 그렸다고 고백한다. 그런데 이러한 사실을 알지 못한 상태에서는 이 두 그림이 그다지 유사해 보이지 않는다. 가장 비슷한 것은 예수와 가셰 박사의 앉은 자세인데 여기서도 빈센트 특유의 변형이 느껴진다. 빈센트가 그린 가셰는 가셰의 외모에 빈센트의 영혼을 들이부은 것처럼 두 사람 사이의 강렬한 교감이 느껴진다. 알고 보면 빈센트가 거의 일방적으로 호감을 표하다 끝장난 관계임을 생각하면 더욱 가슴 아픈 장면이다. 침울하면서도 이지적인 눈빛, 나른하면서도 우아한 몸짓은 가셰만의 특징이라기보다는 빈센트가 꿈꾸는 친구의 이상향, 혹은 자기 자신의 이상적 이미지처럼 느껴진다. 고갱이 예수라는 신앙의 대상에 자신을 투사했다면 빈센트는 가셰라는 현실의 인물에 자신의 모습을 투영한다. 하지만 가셰와의 우정에서조차 뚜렷한 희망을 얻지 못한 빈센트는 점점 절망적인 상황으로 치달아갔다.

　빈센트의 죽음을 둘러싼 수많은 의혹은 빈센트를 향한 대중의 폭발적인 관심과 함께 점점 더 증폭되어갔다. 과연 빈센트가 총으로 자살을 감행했는지 여부도 불분명하다. 당시 오베르쉬르우아즈에서 빈센트를 걸핏하면 놀림감으로 삼았던 건달 청년들이 우발적으로 일으킨 총기 사고로 보는 시각도 있다. 빈센트의 마지막 순간에 얽힌 수많은 미스터리가 여전히 밝혀지지 않았지만, 그럼에도 불구하고 몇 가지 밝혀진 것은 다음과 같다. 빈센트가 총상을 입은 채 홀로 집으로 돌아와 쓰러졌고, 가셰가 빈센트를 적극적으로 치료하지 못했으며(가셰는 빈센트의 복부에 박힌 총알을 제거하지 못했다), 빈센트가 엄청난 고통 속에서 사경을 헤매며 테오를 찾았고 마침내 사랑하는 테오의 품에 안겨 최후의 순간을 맞이했다는 것이다.

　결혼 뒤 형과의 사이가 급격히 소원해졌던 상황에서, 테오는 빈센트의 고통스러운 최후를 지켜보며 뼈아픈 연민과 죄책감을 느낀다. 테오는 나름대로 최선을 다했지만, 결국에는 죽어가는 형을 살리지 못했음을 깨닫고 쓰라린 상실감에 빠졌을 것이다. 테오는 빈센트의 대규모 전시회를 야심차게 기획하다가 평소 앓고 있던 지병이 급격히 악화되어 요양원에서 고통스럽게 생을 마감했다. 이제 두 사람은 오베르쉬르우아즈의 양지바른 곳에 나란히 몸을 눕히고, 영원히 끝나지 않는 눈부신 우정을 함께 나누고 있다.

　빈센트는 평생 민중의 눈, 민중의 미소를 그리고 싶어 했지만 항상 모델 부족에 시달리며 만년에는 멀리서 보이는 사람들의 아스라한 실루엣을 그리는 데 만족했다. "여전히 내가 가장 그리고 싶은 것은 거대한 성당이 아니라 민중의 눈이야. 사람의 눈 속엔 대성당엔 없는 것이 있거든. 아무리 대성당이 장엄하고 화려하다 하더라도, 내게는 불쌍한 거지든, 그저 지나가는 행인이든, 인간의 영혼이 더욱 흥미롭단다." 하지만 그는 포기하지 않고 끊임없이 인물화를 그렸고, 마침내 자신이 꿈꾸던 예술의 이상향에 가장 걸맞은 인물이 되었다. "자본을 거의 가지지 못한 개인의 노력이 결국 미래의 씨앗이 될지 모른다." 나는 빈센트의 편지에서 이 대목을 읽을 때마다 매번 가슴이 뭉클하다. 자본이 거의 없는 개인의 천진무구한 노력, 그것을 철저히 무시하는 세상에서, 처절한 개인의 노력 하나만으로 미래의 눈부신 씨앗을 만들어낸 빈센트의 삶이 눈물겹다. "아름다움이 가져다주는 행복은, 우리를 단번에 무한으로 이끌어준다. 마치 사랑에 빠졌을 때처럼." 그는 유한한 존재로서 무한에 다다르는 길의 하나로 그림을 택했다. 유한한 인간으로서 무한의 예술에 가까워진다는 것, 이는 자신의 열정을 모두 불태워 간신히 작품 하나를 빚어내는 엄청난 헌신을 통해서만 가능한 일이었다.

빈센트에 대해 알면 알수록 나는 그의 처절한 삶의 기록이 여전히 우리 현대인의 삶에 커다란 영향을 끼치고 있음을 알게 되었다. 하지만 한 예술가의 처절한 생애보다 더 아름답게 다가온 것은, 그럼에도 불구하고 끝까지 포기하지 않고 자신의 인생과 예술을 긍정하고 사랑하며, 누군가와 함께 인생의 가치를 나누려 노력했다는 점이다. 그의 죽음은 결코 그의 끝이 아니었다. 빈센트의 때 이른 죽음은 너무도 안타까운 일이지만, 빈센트의 그림과 테오에게 보낸 편지는 시간이 지날수록 더 짙은 삶의 향기를 피워 올리며 싱그러운 감동으로 새록새록 되살아난다. 빈센트는 잿빛으로 얼룩진 생에 자신만의 황금빛과 푸른빛을, 자신만의 하늘빛과 해바라기빛을 가득 채웠다. 우리의 잿빛 인생에 찬란한 영혼의 색채를 부여하는 것이야말로 예술의 임무가 아닌가. 누구도 거들떠보지 않는 어둡고 칙칙한 밤거리에서 길 잃은 인생을 구원하는 영원의 빛을 부여하는 것이야말로 예술가의 축복 아닐까?

빈센트는 테오에게 이렇게 썼다. "우리는 되도록 더 많은 것을 사랑하며 살아가야 해. 진짜 힘은 바로 거기서 나오기 때문이란다. 더 많이 사랑하는 사람은 더 행복할 뿐만 아니라, 자기 자신을 믿을 수 있어. 그 사람 역시 가끔은 흔들리고, 의심도 하지만, 그럼에도 자신의 마음속에 신성한 불꽃을 품고 살아갈 수 있지." 그 무엇도 제대로 사랑하기 어려운 상황에서, 빈센트는 포기하지 않았다. 가능한 한 더 많이, 더 깊이, 누군가를, 무언가를, 삶 자체를 사랑하는 일을.

나는 빈센트를 통해 오늘도 배운다. 모두가 칠흑 같은 어둠만을 바라보는 캄캄한 밤중에도, 일부러 쏘아올린 폭죽보다 더 찬란하게 빛나는 별들의 눈부신 축제를 발견해내는 빈센트의 눈을 닮아보자고. 인생이 내게 결코 우호적이지 않을 때조차, 이 세상에서 오직 내게만 보이는 사랑의 빛깔과 형태를 찾아 헤매는 일을 결코 멈추지 말자고.

프랑스 오베르쉬르우아즈 빈센트와 테오의 무덤

에필로그

———

'너는 절대 안 된다'는 세상을 향해 온 힘을 다해 맞서는 것. 그것이 빈센트의 간절함이었다. 나는 빈센트의 그림을 볼 때마다 '당신이 그린 그림은 절대 안 된다'는 세상을 향해 한 걸음 한 걸음 나아가는 눈부신 젊은이를 본다. '너는 절대 안 된다'는 세상의 벽을 향해 매일 지칠 줄도 모르고 온 힘을 다해 간절하게 노크를 하던 빈센트의 의지가 눈부신 해바라기로, 밤하늘에 빛나는 별로, 타오르는 듯한 꽃과 의자, 사람의 얼굴과 감자 먹는 사람들의 그늘진 얼굴로, 우리 앞에 서 있다. 나는 빈센트의 편지를 여러 번 다시 읽으며 깨닫는다. 절대 안 된다는 말에 지지 않을 용기, 바로 그 간절함이 내가 여전히 빈센트를 사랑하는 이유임을.

KI신서 8076

빈센트 나의 빈센트

1판 1쇄 발행 2019년 3월 22일
2판 2쇄 발행 2023년 10월 6일

지은이 정여울
펴낸이 김영곤 **펴낸곳** (주)북이십일 21세기북스

교정교열 박기효 **디자인** 형태와내용사이
출판마케팅영업본부 본부장 한충희
출판영업팀 최명열 김다운 김도연
제작팀 이영민 권경민

출판등록 2000년 5월 6일 제406-2003-061호
주소 (10881) 경기도 파주시 회동길 201(문발동)
대표전화 031-955-2100 **팩스** 031-955-2151 **이메일** book21@book21.co.kr

(주)북이십일 경계를 허무는 콘텐츠 리더

21세기북스 채널에서 도서 정보와 다양한 영상자료, 이벤트를 만나세요!
페이스북 facebook.com/jiinpill21 **포스트** post.naver.com/21c_editors
인스타그램 instagram.com/jiinpill21 **홈페이지** www.book21.com
유튜브 www.youtube.com/book21pub

서울대 가지 않아도 들을 수 있는 **명강**의! 〈서가명강〉
유튜브, 네이버, 팟캐스트에서 '서가명강'을 검색해보세요!

ⓒ 정여울, 2019
ISBN 978-89-509-8033-7 03810